イイズナくんは今日も、

櫻いいよ 著
酒井以 イラスト

PHP

目次

1. イイズナくんはいつも、ひとり

授業《じゅぎょう》が終わったばかりの放課後の校舎《こうしゃ》は、まだ騒《さわ》がしい。遠くで、誰《だれ》かが楽しそうに笑っている声が聞こえた。誰《だれ》かがなにかを叫《さけ》んでいる声も聞こえてくる。

けれど、わたしのいるこの空間——放課後の視聴覚室《しちょうかくしつ》——は、まるで時間が止《と》まってしまったかのようにしんと静まり返っていた。

入り口で立《た》ち尽《つ》くす、わたし。

視線《しせん》の先には……一匹《ぴき》の〝なにか〟。

二十センチほどの、茶色の生き物。ネズミ、にしては大きいしスリムだ。イタチに似《に》ている気もする。どちらにしても、なぜこの生き物は売店で売っているカツサンドを頬張《ほおば》っているのだろうか。

それは、くりっとした黒いつぶらな瞳《ひとみ》でわたしを凝視《ぎょうし》していた。そしてもきゅもきゅっと口を動かしてなにか言葉を発する。

日本語ではない。

つまりわたしには理解不能《りかいふのう》。

首をかしげながら、その〝イタチもどき〟のそばで大量のパンを抱《だ》きかかえているる見知らぬ少年に視線《しせん》を向けた。どんな手入れをしているんでしょうか、と聞きたくなるほどサラサラの黒髪《くろかみ》少年は「ほら」と〝イタチもどき〟に視線《しせん》を向ける。

「人にならないと言葉は通じないよ、猛《たける》」

人？　人になるとは？

そして、猛《たける》？

「っおま！　そんなこと言ったらバレるだろうが！」

叫《さけ》び声《ごえ》と、〝イタチもどき〟が〝誰《だれ》か〟に変わるのは同時だった。

茶色に白が混《ま》じった髪《かみ》の毛《け》、吊《つ》り上《あ》がった目元、そして八重歯《やえば》。

「い、飯綱《いいづな》、くん？」

目の前にいた〝イタチもどき〟は、同じクラスの飯綱《いいづな》くんだった、らしい。

──ど、どういうこと？

◇

1. イイズナくんはいつも、ひとり

飯綱《いいづな》くん、飯綱猛《いいづなたける》くんはなかなか有名な人物だ。

小学校は学区が違《ちが》っていたので、わたしが彼《かれ》を知ったのは中学に入学した今年の四月、おおよそ一ヶ月半前のことだ。

同じクラスになった彼《かれ》は、明らかに教室で浮《う》いていた。

男子にしてはやや身長が低めなのに、彼《かれ》はとても存在感《そんざいかん》があった。髪《かみ》の毛《け》は茶色で、刈《か》り上《あ》げられた内側は白色。着崩《きくず》された制服《せいふく》。そして、かなり吊《つ》り上《あ》がった目元。目が合うと睨《にら》まれているみたいに見えた。

だからだろうか、誰《だれ》も彼《かれ》に話しかけない。

彼《かれ》もそれをわかっているのか、椅子《いす》に足を組んで座《すわ》ったまままむっつりと不機嫌《ふきげん》そうにしていた。

なんだかすごい子だなあ、というのがわたしの第一印象だ。

まあ、いつかは話をすることもあるだろうと思っていたのだけれど、

「あんまりかかわらないほうがいいよ」

と、入学二日目に彼《かれ》と同じ小学校出身の北見千秋《きたみちあき》ちゃんが教えてくれた。休み時間のトイレで鏡を見ながら言った千秋《ちあき》ちゃんの表情《ひょうじょう》は、まるで渋柿《しぶがき》を食べたみたいに眉間《みけん》にシワが寄《よ》っていた。

「なんで?」

鏡の中にいる千秋《ちあき》ちゃんに聞く。

濡《ぬ》れた手で前髪《まえがみ》を整えながら、千秋《ちあき》ちゃんが「あたし小学校のときに何度か同じクラスだったんだけどさ」と説明してくれた。

「話しかけても感じ悪いし、すぐ怒《おこ》って怒鳴《どな》るんだよね。誰《だれ》かをいじめたり乱暴《らんぼう》したりすることはないんだけど、とにかく口が悪くてさあ。かかわったら損《そん》するっていうか。あんまり人と絡《から》みたくないんじゃないかな?」

小学校でもほとんどひとりで過《す》ごしていたらしい。なるほど、一匹狼《いっぴきおおかみ》タイプか。

1. イイズナくんはいつも、ひとり

なんだかかっこいい。

そんな千秋《ちあき》ちゃんの説明どおり、クラスでの飯綱《いいづな》くんは尖《とが》っていた。

いつもひとりで誰《だれ》ともしゃべらないことを心配して話しかけた女子を、

「っせえな！　話しかけんなよ！」

と拒絶《きょぜつ》する。

休み時間になるたびに席を立つ飯綱《いいづな》くんに「一緒《いっしょ》に飯《めし》食うか？」と笑顔《えがお》で誘《さそ》った男子には、

「おれはひとりがいいんだよ！」

と言ってドスドスと教室を出ていく。

ふたりひと組になってストレッチをしなければいけない体育の授業《じゅぎょう》では、

「なんでこんなことしなきゃいけねえんだ！」

とペアになった男子にずっと文句《もんく》を言っていた。

ついでに授業《じゅぎょう》で先生に当てられた問題がわからなかったときは、

「わかんねえんだっつの！」

と逆《ぎゃく》ギレして、先生に「自信満々で言うことじゃないだろ」と苦笑《くしょう》されていた

（そのあと、懇切丁寧《こんせつていねい》に教えてもらい問題を解《と》いた）。

まさしく狼《おおかみ》。あるいは獰猛《どうもう》な大型犬。

飯綱《いいづな》くんの平常時《へいじょうじ》の声を、授業中《じゅぎょうちゅう》以外で聞いたことのある人はひとりもいないだろう。

ハリネズミが針《はり》を立てているみたいにつねに警戒《けいかい》していて、〝話しかけるなオーラ〟を纏《まと》っている。触《ふ》れると怪我《けが》をしてしまいそう。

けれど、こちらから話しかけさえしなければ物静かな男子とも言える。

千秋《ちあき》ちゃんの言うとおり、人とかかわるのが好きじゃないのかもしれない。

そんなこんなで、わたしと飯綱《いいづな》くんは入学して以来、挨拶《あいさつ》以外ほとんど話したことがない。人見知りをしないわたしにとって〝話したことのないクラスメイト〟という存在《そんざい》は彼《かれ》がはじめてだった。


「春日《かすが》。一緒《いっしょ》に帰ろー」

SHR《ショートホームルーム》が終わると、千秋《ちあき》ちゃんが軽《かろ》やかな足取りで近づいてきた。

1. イイズナくんはいつも、ひとり

「あれ、千秋《ちあき》ちゃん、今日はテニス部休み？」

「今日はいい天気だから休み」

「それってただのサボりじゃん」

わたしたちの通うこの中学は、部活への入部は自由だ。特別力を入れて活動しているわけでもないから、練習への参加も自由なのだろう。千秋《ちあき》ちゃんは「へーきへーき」とあっけらかんとしている。

「先輩《せんぱい》も怖《こわ》くないし、気楽だよー。春日《かすが》も帰宅部《きたくぶ》するくらいなら、うちに入部したらいいのに」

「テニスあんまり興味《きょうみ》ないしなあ……」

「やってみたら楽しいのにー」

千秋《ちあき》ちゃんが口を尖《とが》らせると、背後《はいご》から真佐《まさ》くんがにゅっと現《あらわ》れて、

「北見《きたみ》もしつけえなあ」

と、千秋《ちあき》ちゃんの低い位置にあるお団子《だんご》をぎゅっと握《にぎ》った。

「びっくりしたあ！　真佐《まさ》くん、急に出てこないでよ」

「北見《きたみ》の声に、オレのほうが驚《おどろ》いたっつーの」

「真佐《まさ》くんが気配を消して近づくからじゃん！」

ふたりは目の前で楽しそうに文句《もんく》を言い合う。

真佐《まさ》くんとは小学四年生のときから中学生になった今年までずっと同じクラスで、わたしにとって一番仲のいい男友だちだ。

小学校に入る前から剣道《けんどう》をしているからか、背筋《せすじ》がぴんっと伸《の》びていて、同級生の中でも背《せ》が高く大人っぽく見える。そのせいか、女子に人気があるらしい。

わたしが中学に入ってから仲良くなった千秋《ちあき》ちゃんとは、真佐《まさ》くんもすぐに打《う》ち解《と》けた。ふたりの部活がない日（もしくはサボる日）には、三人で一緒《いっしょ》に帰ることもあるくらいだ。

っていうか、わたしの勘《かん》ではふたりは両想《りょうおも》いだ。

それとなく千秋《ちあき》ちゃんに聞いたことがあるけれど、なぜか頑《かたく》なに認《みと》めなかった。ただ、必死に「違《ちが》う」「ありえない」「タイプじゃないし」と否定《ひてい》する千秋《ちあき》ちゃんは、どう見ても真佐《まさ》くんのことが好きなようにしか見えなかった。

真佐《まさ》くんには聞いていないものの、彼《かれ》は千秋《ちあき》ちゃんよりわかりやすいので間違《まちが》いないだろう。好きな子にちょっかいを出すタイプだ。

1. イイズナくんはいつも、ひとり

その証拠《しょうこ》に、わたしは彼《かれ》に髪《かみ》の毛《け》を触《さわ》られたことは一度もない。いや、わたしはそもそもショートボブなので、掴《つか》まれるお団子《だんご》もないけれど。

「っていうか、西島《にしじま》もはっきり断《ことわ》れよ」

仲睦《なかむつ》まじいふたりに苦笑《くしょう》しながら机《つくえ》の中にある教科書をいくつかカバンにしまっていると、真佐《まさ》くんが呆《あき》れながらわたしに言う。

「え？　なにが？」

「部活のことだよ。西島《にしじま》は家のこといろいろしてんだろ。じいちゃんの見舞《みま》いも」

「真佐《まさ》くん、わたしの保護者《ほごしゃ》みたい」

思わず、ぷは、と噴《ふ》き出《だ》してしまった。

両親が共働きなので、わたしは普段《ふだん》、二歳《さい》年下の弟の面倒《めんどう》をみたり家事を手伝ったりしている。それに加えて真佐《まさ》くんの言うとおり、去年のはじめ、おじいちゃんが倒《たお》れた。

けれど、弟ももう小学五年生。留守番《るすばん》もひとりでしてくれるし、わたしが担当《たんとう》する家事だって軽く掃除機《そうじき》をかけたり洗濯物《せんたくもの》を干《ほ》したり畳《たた》んだりするくらいの簡単《かんたん》なものばかりだ。

おじいちゃんも、今はもう退院《たいいん》してひとりで暮《く》らしている。家に行って話し相手になったり、簡単《かんたん》な片付《かたづ》けなどをしたりすることはあるけれど、週に一回行く程度《ていど》だ。たいしたことじゃない。

真佐《まさ》くんがこんなに心配してくれるのは、おじいちゃんが倒《たお》れたときに落《お》ち込《こ》んでいたわたしを知っているからだろう。あのときは、おじいちゃんが死んじゃうんじゃないかと毎日不安で仕方がなかった。泣いているわたしを、真佐《まさ》くんは一生懸《いっしょうけん》命励《めいはげ》ましてくれた。

「今はもう大丈夫《だいじょうぶ》だよ。部活する時間はあるし、なにかに入りたいなあとは思ってるんだけど、惹《ひ》かれるのがないんだよねえ」

本当にそれだけの理由だ。

入ってみたい！　という部活がないのだ。自分でなにか新しい部活を作る、というのも面倒《めんどう》くさい。

千秋《ちあき》ちゃんとは部活がない日に十分遊ぶことができているから退屈《たいくつ》はしないし、その日やりたいこと——例えば本を読むとか家で海外ドラマを観《み》るとか——を放課後、好きにできるのも結構《けっこう》楽しい。だから、このまま帰宅部《きたくぶ》でもいいかな、と最近

1. イイズナくんはいつも、ひとり

は思いはじめている。

ぼんやり考えていると、そばのドアがガラッと開く。なんとはなしに視線《しせん》を向けると、同じクラスの飯綱《いいづな》くんが険《けわ》しい顔で教室を出ていくところだった。

「今日、あいつの声聞いてないなあ」

「あたしは一週間以上聞いてないよ、たぶん」

千秋《ちあき》ちゃんと真佐《まさ》くんも、彼《かれ》に気づいたらしい。

「っていうかさ、飯綱《いいづな》、着替《きが》えるのめちゃくちゃ早いんだよ。知ってた？」

「うはは、なにそれ。知らないよ」

「いや、まじで。今日も体育のあとソッコーで着替《きが》えてどこかに消えてさ、次の授《じゅ》業《ぎょう》のギリギリまで戻《もど》ってこねえの。すげえ不思議。なにしてんだろ」

誰《だれ》とでも仲良くしたいタイプの真佐《まさ》くんは「ちゃんと話してみてえんだけどなあ」と肩《かた》をすくめた。

「やめときなよ、また怒《おこ》られるって」

呆《あき》れた様子で千秋《ちあき》ちゃんが言った。

そう、また怒鳴《どな》られるかもしれない。

以前、一緒《いっしょ》にお昼ご飯《はん》を食べようと誘《さそ》って拒絶《きょぜつ》された男子というのは真佐《まさ》くんのことだ。真佐《まさ》くんは飯綱《いいづな》くんと友だちになりたいらしい。

「そうだけどさあ。興味《きょうみ》あるんだよなあ、仲良くなりてえ」

「真佐《まさ》くんの気持ちもわかるけど、ひとりが好きなのかもしれないよ」

「そうそう」

わたしが言うと、千秋《ちあき》ちゃんもうなずく。

真佐《まさ》くんは「そっかあ」と残念そうに肩《かた》を落とした。

「でも、そのうち仲良くなれるといいよね」と言いながら帰り支度《じたく》をすると、カバンの中の文庫本にあるはずのものがないことに気づいた。

本に挟《はさ》んだ栞《しおり》からひょろっと飛び出ているはずの、金色のチェーンがない。本を取り出して中をめくるけれど、やっぱり栞《しおり》がない。

「え？　あれ？」

鞄《かばん》の中をあさる。それでも見当たらず、中身をすべて机《つくえ》に広げる。内ポケットや机《つくえ》の中も確認《かくにん》する。

けれど、ない。

1. イイズナくんはいつも、ひとり

「どうしたの？」

「あ、いや……栞《しおり》がなくなってて」

どこに行ってしまったのか。

散らばった教科書を眺《なが》めながら考《かんが》え込《こ》む。

ここにない、ということは、今日の五時間目に行った視聴覚《しちょうかく》室で落としたのかもしれない。映像《えいぞう》を見るだけの授業《じゅぎょう》なんてきっと退屈《たいくつ》だろう、と文庫本を持《も》ち込《こ》んだのだ。そのとき、間違《まちが》いなく栞《しおり》は本に挟《はさ》んでいた。

廊下《ろうか》に落とした可能性《かのうせい》もあるけれど、まずは視聴覚室《しちょうかくしつ》を探《さが》してみよう。

「ちょっと探《さが》しに行ってくる」

広げた荷物をカバンの中に戻《もど》して肩《かた》にかける。

「一緒《いっしょ》に探《さが》そうか？」

「あー、いや、すぐに見つかるかわかんないし、大丈夫《だいじょうぶ》。せっかく一緒《いっしょ》に帰れる日だったのに、ごめんね」

「ほんとに大丈夫《だいじょうぶ》？」

心配そうにする千秋《ちあき》ちゃんに「ごめんね」と「大丈夫《だいじょうぶ》」を繰《く》り返《かえ》しながら教室を

あとにした。

◇

——その結果が、今のこの不思議な状況《じょうきょう》だ。

え？　イタチだったよね？

え？　今、飯綱《いいづな》くんになったよね？

え？　なんでなんで？　どういうこと！

「なんでこんな時間にこんなところに人が来るんだよ！」

わたしがぽかんと口を開けて間抜《まぬ》けな顔をしていることに気づいていないのか、半裸《はんら》の飯綱《いいづな》くんがぷんぷんしながら叫《さけ》ぶ。

怒《おこ》っているのだけれど、なぜか怒《おこ》られている気がしない。

一生懸命《いっしょうけんめい》服を着ているからかもしれない。もしくは、隣《となり》の少年がにこにこしているからか。

いや、そもそもわたしは怒《おこ》られるようなことをしたのだろうか。放課後に視聴覚《しちょうかく》室《しつ》に来ただけ。立《た》ち入《い》り禁止《きんし》というわけでもない。

ただ、この視聴覚室《しちょうかくしつ》は四階建ての小さな東校舎《こうしゃ》にある。特別教室と、わたしたちが使っている教室の半分くらいの広さしかない空《あ》き部屋ばかりで、普段《ふだん》生徒が過《す》ごす本校舎《こうしゃ》に比《くら》べると少し古い。各階にある渡《わた》り廊下《ろうか》で本校舎《こうしゃ》とつながっているものの、授業《じゅぎょう》で特別教室を使うとき以外に足を踏《ふ》み入《い》れる生徒はほとんどいないだろう。一階は部活で使用される教室もあるけれど、三階と四階は、ほぼ無人状態《じょうたい》だ。

「式部《しきべ》のせいだからお前がなんとかしろ！」

「なんで僕《ぼく》のせい？　ひどい言いがかりだなぁ……。猛《たける》の体質《たいしつ》のせいでしょ」

「そ、そうだけど！　でも、なんとかしろ！」

「はいはい、わかったわかった。とりあえず落ち着いて。そんなに怒《おこ》るとまた怖《こわ》がられちゃうよ。えーっと、きみ名前は？」

式部《しきべ》、と言われた少年はわたしのほうに視線《しせん》を向ける。

飯綱《いいづな》くんと真逆《まぎゃく》のタレ目から、なんとなく掴《つか》み所《どころ》がない印象を受けた。

「あ、西島春日《にしじまかすが》、です」

「春日《かすが》ちゃんね。はじめまして、僕《ぼく》は堀川式部《ほりかわしきべ》です」

どうも、と頭を下げながら学年で色が違《ちが》う名札を確認《かくにん》すると、黄緑色だった。わたしと飯綱《いいづな》くんは一年で水色。入学式で祝辞を読んだ三年生はたしか白色だったので、この式部《しきべ》という人は二年生の先輩《せんぱい》のようだ。

飯綱《いいづな》くんは彼《かれ》を呼《よ》び捨《す》てにしてタメ口で話していたけれど、どういう関係なのだろう。

いや、今はふたりの関係よりも、飯綱《いいづな》くんのことのほうが問題だ。

ちらりと視線《しせん》を飯綱《いいづな》くんに戻《もど》すと、身だしなみを整えた彼《かれ》はふてくされた顔でカツサンドを食べていた。

この状況《じょうきょう》でご飯《はん》を食べ続けるって、どういうこと。

えーっと、説明とかしてもらえないの？

「あ、あの、堀川先輩《ほりかわせんぱい》」

飯綱《いいづな》くんはこちらを見向きもしないので、先輩《せんぱい》に呼《よ》びかける。

「僕《ぼく》のことは式部《しきべ》でいいよー。堀川《ほりかわ》ってなんか呼《よ》ばれ慣《な》れてないから。で、きみはなんでここに？」

「あ、わたしは探《さが》しものがあって。ここに、あるかもって。いや、それより――」

さっきのはなんでしょう、と言う前に「ねえよ」と飯綱《いいづな》くんのぶっきらぼうな声が聞こえた。彼《かれ》に視線《しせん》を向けると、机《つくえ》に腰掛《こしか》けながら（カツサンドも食べながら）教室をぐるりと見渡《みわた》す。そして、

「ここにはない」

と、今度はわたしの目を見てはっきりと口にした。

「な、なんで？　見かけなかったってこと？」

でも、飯綱《いいづな》くんはわたしがなにを探《さが》しているか知らないはずだ。

「ここにあんたと縁《えん》のあるものはない」

「縁《えん》って、なにそれ」

意味がわからない。

首をかしげて彼《かれ》が説明してくれるのを待つけれど、飯綱《いいづな》くんはそれ以上なにも言ってくれなかった。代わりに式部先輩《しきべせんぱい》が言葉を続けてくれる。

「猛《たける》がそう言うなら、探《さが》しものはたぶん、ここにはないんじゃないかな。あまり縁《えん》

のないものを探《さが》しているんだったら、もしかしたらあるかもしれないけど」

例えば数日前に買ったばかりのシャーペンだとか、ノートだとか。

そう説明されて、首を左右に振《ふ》った。

「そんな、ものではないです」

もっと、わたしにとって大事な、唯一無二《ゆいいつむに》のものだ。

「猛《たける》、春日《かすが》ちゃんの探《さが》しものわかるの？」

「わかんねぇよ。ただ、こいつにある縁《えん》が、なんとなく相手を探《さが》してるみたいにふわふわっとしてるから、そう思っただけ」

ふたりの話の内容《ないよう》はさっぱり理解《りかい》できなかった。

けれど式部先輩《しきべせんぱい》は納得《なっとく》したのか「ふぅん」とつぶやいて、わたしを見た。

「じゃあ、それを見つける代わりに、さっき見たことを黙《だま》っててくれないかな？」

「へ？」

「おま！　なに適当《てきとう》なこと言ってんだよ！」

飯綱《いいづな》くんが勢《いきお》いよく立ち上がり、瞬時《しゅんじ》に式部先輩《しきべせんぱい》の胸《むな》ぐらを掴《つか》んだ。今にも殴《なぐ》りかかりそうなほどの剣幕《けんまく》に、体がこわばる。

……それでも、先輩《せんぱい》はにこやかだ。

「仕方ないじゃん。言いふらされて困《こま》るのは猛《たける》でしょ」

「だからって式部《しきべ》が勝手に決めんじゃねえよ！」

「僕《ぼく》には猛《たける》のような能力《のうりょく》ないし。そもそもこれって僕《ぼく》じゃなくて猛《たける》の問題だし」

うわあ、笑顔《えがお》ではっきり言いきった。

ものすごいやさしそうなのに、ものすごい突《つ》き放《はな》してる。

それがかえってわたしをハラハラさせる。

先輩《せんぱい》の態度《たいど》に、飯綱《いいづな》くんは「なんだよそれ！」「ふざけんな！」と、たいそうご立《りっ》腹《ぷく》だ。けれど、先輩《せんぱい》はそれに動じる様子がない。むしろ飄々《ひょうひょう》としている。

というか、能力《のうりょく》ってなんだろう。

イタチみたいなものに変身できることを指しているのだろうか。

それに縁《えん》がどうって言ってたよね。

よくわからないけれど……彼《かれ》には探《さが》しものを見つける特技かなにかがあるのだろうか。

「えっと……探《さが》してるのは金色の栞《しおり》なんだけど、どこにあるか、わかるの？」

飯綱《いいづな》くんに問いかけると、

「わかるわけねえだろ」

と、きっぱり言われてしまった。

思わずがっくりと肩《かた》を落とす。

「でも、見つけることはできるかもしれないよ」

先輩《せんぱい》がわたしをなぐさめるように、前向きな答えをくれる。

「式部《しきべ》！　根拠《こんきょ》のねえこと言うな！　おれにそこまでの力はねえ！」

「やだなあ、謙遜《けんそん》しちゃって。それとも、もし見つからなかったときに春日《かすが》ちゃんが落《お》ち込《こ》むのがかわいそうだから、期待させないようにしてるのかな」

「っんなわけねえだろ！　こんなやつどうでもいいっつの！」

飯綱《いいづな》くんの頬《ほお》がちょっと赤く染《そ》まった。

「それか、力のなさを実感したくないから逃《に》げてるの？」

「はあ？　なんでおれがそんなものから逃《に》げなきゃいけねえんだ！」

さっきよりもムキになった口調だ。

「できない自分を知って落《お》ち込《こ》みたくないんでしょ？」

「んなこと言ってねえだろ！　っていうかできるし！　やってやるよ！」
飯綱《いいづな》くんはツバを巻《ま》き散《ち》らす勢《いきお》いで声を荒《あら》らげているのに、式部《しきべ》先輩《せんぱい》はずっと笑顔《えがお》を絶《た》やさない。だからだろうか、飯綱《いいづな》くんのセリフはすべて、先輩《せんぱい》に操《あやつ》られているような気がした。

っていうか、たぶん操《あやつ》られてる。

それはもう、めちゃくちゃ簡単《かんたん》に。

先輩《せんぱい》の余裕《よゆう》の表情《ひょうじょう》から、ありありと伝わってくる。そのことに、飯綱《いいづな》くんはまったく気づいていない。

……一生懸命《いっしょうけんめい》威嚇《いかく》しているけど、かわいいだけのマルチーズみたい。

怒《おこ》った飯綱《いいづな》くんのことを怖《こわ》いなあと思っていたのに、微笑《ほほえ》ましく思えてくる。

「ただ、こいつと縁《えん》のつながっているなにかが、ここにも、たぶん校内にもないのはわかるけど、どこにあるのかはわかんねえ。それを見つけられるほどの力はおれにはない」

ふてくされたように飯綱《いいづな》くんが言う。

彼《かれ》にはやっぱり特別な力があるらしい。

「学校内にもないってことは、誰《だれ》かが持ち帰ったってことかな」

「だと、思う」

「猛《たける》にも縁《えん》があればなあ」

はあ、と先輩《せんぱい》が呆《あき》れたようにため息をつく。

飯綱《いいづな》くんに縁《えん》が？　わたしの探《さが》しものと？　……どういう意味だろう。

よくわからなかったけれど、先輩《せんぱい》の発言に、飯綱《いいづな》くんが悔《くや》しそうに歯を食いしばったのがわかった。

どう見ても怒《おこ》っている表情《ひょうじょう》だけれど、強がっているのかもしれない。まるで彼《かれ》が先輩《せんぱい》に責《せ》められているようにも見える。

なんか、守ってあげたくなってしまう。

「あの……」

徐々《じょじょ》に眉間《みけん》にシワを寄《よ》せ、険《けわ》しい顔になっていく飯綱《いいづな》くんにおずおずと声をかける。話を中断《ちゅうだん》させてしまったからか、飯綱《いいづな》くんは不機嫌《ふきげん》そうな顔のままわたしに視《し》線《せん》を向けた。思わずびくっとしてしまう。

「あ、ごめんね春日《かすが》ちゃん。猛《たける》のこの顔は怒《おこ》ってるわけじゃなくて、人と接《せっ》することが今まで極端《きょくたん》に少なくて、どうしていいのかわからず緊張《きんちょう》してるだけだから」

「そんなんじゃねえ！　おれのこの顔は生まれつきだ！」

「いつも怖《こわ》そうにしてるから友だちができないんだよ、猛《たける》」

「お、おれは！　友だちなんかいらねえ！」

先輩《せんぱい》という通訳《つうやく》を挟《はさ》むと、飯綱《いいづな》くんの印象が変わる。

飯綱《いいづな》くんは、どう見ても図星を突《つ》かれて必死に、ムキになって否定《ひてい》しているようにしか思えなかった。なんだかコントを見ているような気がしてきて、つい「ははっ」と笑ってしまう。

「で、なんだよ」

飯綱《いいづな》くんは――たぶん、恥《は》ずかしさから――ムッとした表情《ひょうじょう》になった。

「え？　あ、ああ、その見つからなくても気にしないよって、言おうと思って」

「なんで？」

なんで、とは。

「見つけたかったんじゃねえのかよ」

「そうだけど……でも、見つからなくても、飯綱《いいづな》くんのことは誰《だれ》にも言わないから」

「そういうことじゃねえだろ！」

大きな声に驚《おどろ》いて目を見開く。

「縁《えん》ってのは、運と時間と想《おも》いなんだよ。簡単《かんたん》にできるもんじゃねえ」

運と、時間と、想《おも》い。飯綱《いいづな》くんの発した単語を頭の中で繰《く》り返《かえ》す。

「大事なもんなんだろ。大事だと思ってんだろ。じゃないと栞《しおり》とあんたのあいだに縁《えん》があるわけがない。簡単《かんたん》につながらないものを、簡単《かんたん》に諦《あきら》めんな」

飯綱《いいづな》くんの言う〝縁《えん》〟についてはよくわからない。けれど、飯綱《いいづな》くんはわたしの大事なものを、わたしと同じくらい大事に想《おも》ってくれている。

「じゃあ……見つかるかな？」

「そんなことわかるわけねえだろ」

間髪《かんはつ》をいれずに怒《おこ》られてしまったけれど、なぜかそのはっきりした物言いに笑ってしまった。絶対《ぜったい》見つける、とか、大丈夫《だいじょうぶ》、と自信満々に言われるよりも、彼《かれ》が真剣《しんけん》に探《さが》して見つけようと思ってくれていることが伝わってくる。

「やることやりつくして見つからなかったら、またそんとき考えればいい」

飯綱《いいづな》くんの言葉を聞いた先輩《せんぱい》は目を丸くしてから、さっきまでの余裕《よゆう》のあるものではない、やさしい笑《え》みを浮《う》かべた。そして、よかったねえ、とわたしに言った。

「……っし、仕方なくだからな！」

飯綱《いいづな》くんは顔を真っ赤にしてぷいっとそっぽを向く。

「ありがとう」

探《さが》しものが見つかる予感がする。

安堵《あんど》の笑《え》みを漏《も》らして飯綱《いいづな》くんにお礼を言うと、

「見つかってから言えよ、それは」

彼《かれ》は舌打《したう》ち混《ま》じりにつぶやいた。

それが、とても頼《たの》もしく思えた。

「じゃ、話がまとまったところで、猛《たける》の家に行こうか」

「――え？」

先輩《せんぱい》がぱんっと手を合わせて言うと、わたしと飯綱《いいづな》くんの声が重なった。

なんでおれの家に行かないといけないんだ！　と抗議《こうぎ》する飯綱《いいづな》くんを、

「探《さが》しもの引き受けるならちゃんと説明しないと」

「さっき見られたことについてちゃんと話してないだろ、猛《たける》」

「こんなところで話をして誰《だれ》かに聞かれたらどうすんの」

「春日《かすが》ちゃんが猛《たける》なんかと話をしてるところを誰《だれ》かに見られたら、変なウワサがたつかもしれないし」

と、先輩《せんぱい》が説《と》き伏《ふ》せた。

最後のセリフは飯綱《いいづな》くんに対してちょっとひどいような気がしたけれど、飯綱《いいづな》くんは不満そうにしつつも怒《おこ》ることはなく、最後はしぶしぶうなずいた。怒《おこ》りっぽいわりに、どこか心が広い。

っていうかさっきから、先輩結構《せんぱいけっこう》ひどい。

表情《ひょうじょう》はずっとにこやかなのに。だからこそ怖《こわ》い。

ふたりの会話を聞いていると、飯綱《いいづな》くんが「で」とわたしに振《ふ》り返《かえ》った。

「お前はおれの家に行くことになっていいのかよ」

「え？　うん、ぜひ！」

わたしの返事に、飯綱《いいづな》くんはややたじろいでから、

1. イイズナくんはいつも、ひとり

「……変な女」

とそっぽを向いてしまった。

変なこと、言ったかな。ウワサになることは気にならないし、飯綱《いいづな》くんの家って
どんなところだろうと興味《きょうみ》が湧《わ》く。マンションだろうか。一軒家《いっけんや》だろうか。

きっと誰《だれ》も踏《ふ》み入《い》れたことがないだろう。

すごくレアだ。ここで行かなかったら後悔《こうかい》するに違《ちが》いない！

「正門から一緒《いっしょ》に出たら人目につくだろ！」という飯綱《いいづな》くんの意見から（怒《おこ》ってい
るというよりも気を遣《つか》われているのかもしれない）裏門《うらもん》を出て、学校からわたしの
家と反対方向に十五分ほど歩く。

そして、わたしは今、飯綱《いいづな》くんの家の前にいる。

「……ここが、飯綱《いいづな》くんの、家？」

「んだよ！　悪いかよ！」

「逆《ぎゃく》だよ、よすぎるよ！」

声を荒《あら》らげる飯綱《いいづな》くんは、わたしの勢《いきお》いに驚《おどろ》いた顔を見せた。

今から入ろうとしているこの飯綱《いいづな》くんの家は、本当にすごい。重厚《じゅうこう》な雰囲気《ふんいき》が漂《ただよ》

う、立派《りっぱ》な純和風《じゅんわふう》の木造《もくぞう》の家。大きな木製《もくせい》の門が、わたしたちを出迎《でむか》えている。

「猛《たける》の家なら広いし、誰《だれ》にも見られないし、落ち着いて話ができるよ」

中に入っていく飯綱《いいづな》くんのあとに続きながら、先輩《せんぱい》がわたしを招《まね》くような仕草をして言った。たしかに、この家ならゆっくり話ができるだろう。飯綱《いいづな》くんの、しかもこんなに大きな家にお邪魔《じゃま》するのは少し緊張《きんちょう》するけれど。

門から玄関《げんかん》までは石の道があった。砂利《じゃり》と土の広がる庭には木々がいくつも植えられていて、奥《おく》には花壇《かだん》らしきものも見える。建物の奥《おく》にも庭が続いていて、わうん、わうん、と犬の鳴き声が聞こえた。

玄関《げんかん》に向かいながら、あたりをきょろきょろと見まわす。そんなわたしを無視《むし》するかのように飯綱《いいづな》くんはスタスタと歩き、ドアを開けた。

「ただいま」

彼《かれ》に続いて家の中に入る。

玄関《げんかん》は、わたしの家のお風呂場《ふろば》と洗面所《せんめんじょ》を足したくらいの広さだった。ちなみにわたしの家は、至《いた》って普通《ふつう》のマンションで、間取りは3LDK《エルディーケー》。弟と最近やっと部屋が別々になったとはいえ、広々しているというほどではない。

1. イイズナくんはいつも、ひとり

「おかえりー」

ぱたぱたと廊下《ろうか》を歩いてくる足音と、明るい声が聞こえてきた。そしてひょっこりと顔を出したのは、飯綱《いいづな》くんのお母さんらしき人。

慌《あわ》てて「お邪魔《じゃま》します」と頭を下げる。けれど、なんの反応《はんのう》もない。

しばらく無言の時間が流れて、歓迎《かんげい》されていないのだろうかとおそるおそる視線《しせん》を上げた。

飯綱《いいづな》くんのお母さんは、口に手を当ててふるふると震《ふる》えていた。心なしか瞳《ひとみ》が潤《うる》んでいるように見える。

「おばさん、この子は春日《かすが》ちゃん。猛《たける》の新しい友だちだよ」

「っと、友だち、なんかじゃねえ！」

式部先輩《しきべせんぱい》が飯綱《いいづな》くんのお母さんにそう説明すると、飯綱《いいづな》くんが叫《さけ》ぶように否定《ひてい》した。たしかに今日はじめて言葉を交《か》わしたばかりなので、友だちかと言われたら微《び》妙《みょう》かもしれない。けれど、そんな全否定《ぜんひてい》しなくても……。

「友だち！　あなた猛《たける》の友だちなの？」

「え？　あ、はい！」

飯綱《いいづな》くんのお母さんは、身を乗り出してわたしの手をがっしりと掴《つか》む。

さっき飯綱《いいづな》くんに否定《ひてい》されたけど。はいって返事しちゃったけど。いいのかな。っていうか……おばさん、泣いてない？

「お兄ちゃん！　お姉ちゃん！　猛《たける》が友だちを連れてきたわよー！　猛《たける》が！　猛《たける》に！　友だちがー！」

おばさんが家の中に向かって呼《よ》びかけると、なにい！　と奥《おく》から声が響《ひび》いた。と思ったらどどど、と足音がこちらに迫《せま》ってきて次々と家族らしき人たちが集まってくる。

柔和《にゅうわ》そうな雰囲気《ふんいき》のお兄さんと、制服姿《せいふくすがた》のお姉さんだ。ふたりとも飯綱《いいづな》くんと同じように吊《つ》り目だけれど、ずいぶん印象が違《ちが》う。どちらも美形なのは間違《まちが》いない。

美しさに圧倒《あっとう》されていると、ふたりがわたしに近づいてきて「よろしくね」「猛《たける》をよろしく」と握手《あくしゅ》をしてきた。

「え、あ、こ、こちらこそ、よろしくお願いします」

飯綱《いいづな》くんと違《ちが》ってかなり社交的だ。にこにこしているから余計《よけい》にそう思う。

「友だちができないって毎日泣いて帰ってきたあの猛《たける》が……」

1. イイズナくんはいつも、ひとり

「部屋にある『友だちの作り方』の本を手放す日が来たな」

「この家に式部《しきべ》くん以外の友だちがやってくる日が来るなんて」

「イイズナの血は誰《だれ》より濃《こ》いのに、自分に縁《えん》を結ぶ力がないからねえ」

三人は目に涙《なみだ》を浮《う》かべて感激《かんげき》している。

飯綱《いいづな》くんが、まさか友だちができないことに悩《なや》んでいたなんて。っていうか〝飯《いい》綱《づな》の血〟ってなんだろう。

「っ、そ、そんなことしてねえし！」

よろこびに打ちひしがれている三人の家族に、飯綱《いいづな》くんは顔を真っ赤にして叫《さけ》んだが、三人の耳には届《とど》いていないらしい。「よかったなあ」「頑張《がんば》ったんだな」と言って飯綱《いいづな》くんの頭を撫《な》でている。

みんなにかわいがられているんだなぁ。

「ちょ、やめろって！　おい！　部屋に行くぞ！」

「猛《たける》！　そんな言い方するから友だちができなかったんだろ！」

羞恥《しゅうち》に耐《た》えきれなくなったのか、飯綱《いいづな》くんは乱暴《らんぼう》にお兄さんたちの手を振《ふ》り払《はら》う。

そして、わたしと式部先輩《しきべせんぱい》を呼《よ》んだ。

「ごめんね、春日《かすが》さんだったかしら？　猛《たける》はちょっと口が悪いけど悪い子ではないから、どうかどうか、仲良くしてあげてね」

「乱暴《らんぼう》なところはあるけど、根はいい子だから、友だちでいてあげてね」

「だ、大丈夫《だいじょうぶ》です」

お姉さんとお母さんに懇願《こんがん》されてしまった。

どすどすと足を踏《ふ》み鳴《な》らして歩く飯綱《いいづな》くんは、怒《おこ》っているようにしか見えない。

けれど、もしかして照れているのかも、と思った。

ちらりと隣《となり》の式部《しきべ》先輩《せんぱい》を見ると、にこっと微笑《ほほえ》まれた。

「そういうこと」

わたしがなにを考えていたか、先輩《せんぱい》にはお見通しらしい。

「……意外、ですね」

「本当は友だちがほしくてたまらないのに、目つきも言葉遣《ことばづか》いも悪いから、昔からよく怖《こわ》がられてたんだよね。で、どうやって人と話せばいいのかわからなくて、いろいろこじらせて、ああなっちゃったんだよねえ」

先輩《せんぱい》は小声でわたしに言った。

なにを話しているのかは聞こえなかっただろうけれど、飯綱《いいづな》くんが振《ふ》り返《かえ》りじろりと先輩《せんぱい》を睨《にら》む。なにも知らなければ凍《い》てつくほど鋭《するど》い視線《しせん》だけれど、よく見ると耳が赤く染《そ》まっている。

その様子は、家族や先輩《せんぱい》の話を聞いたあとだからか、

「かわいい」

と思わず声に出してしまうほどだった。

……飯綱《いいづな》くんの耳に届《とど》くほどの音量だったら、彼《かれ》はきっと暴《あば》れていただろう。たぶん、あまりの恥《は》ずかしさによって。

「ここ」

玄関《げんかん》から庭に面した廊下《ろうか》を歩いた先で、飯綱《いいづな》くんが足を止めた。右手にある障子《しょうじ》の引き戸の先がどうやら飯綱《いいづな》くんの部屋らしい。

中は、十畳《じょう》くらいの畳《たたみ》の部屋。低いベッドが置かれてあり、真ん中にはローテーブルといくつかのクッション。部屋のすみにはテレビにゲーム機。壁際《かべぎわ》には腰《こし》くらいまである高さの棚《たな》が並《なら》んでいた。中には漫画《まんが》やフィギュア。

飯綱《いいづな》くんもゲームとかするんだ。漫画《まんが》とか読むんだ。

和室と洋室の差はあるけれど、弟の部屋と同じ感じだ。飯綱《いいづな》くんも普通《ふつう》の男子なんだな、と実感する。

……小動物に変身するけれど。

「座《すわ》って座《すわ》って」

まるで自分の部屋のように、先輩《せんぱい》がわたしにクッションを差し出した。お言葉に甘《あま》えてテーブルの前に腰《こし》を下ろすと、タイミングを見計らったようにお母さんがジュースとお菓子《かし》を持って来てくれた。何度も「よろしくね」「仲良くしてあげてね」とわたしに言って、心配そうに去っていく。

家族に愛されてるなあ……飯綱《いいづな》くん。

式部先輩《しきべせんぱい》の説明によると、お兄さんは大学生でお姉さんは高校生らしい。ちなみにもうひとり、社会人のお姉さんがいるとか。つまり、飯綱《いいづな》くんは四人きょうだいの末っ子、ということだ。

目の前に置かれたジュースに口をつけると、「でね」と先輩《せんぱい》が口を開く。

「猛《たける》は、イイズナなんだ」

名字のことを言っているのだろうか。はあ、と間抜《まぬ》けな返事をして続きの言葉を待ったけれど、先輩《せんぱい》はにこにこするだけでなにも言わない。

「え？」

「ん？　そういうことだよ」

どういうこと。

「端折《はしょ》りすぎだろ！　ちゃんと説明しろよ！」

飯綱《いいづな》くんがぐわっとわたしと式部先輩《しきべせんぱい》のあいだに割《わ》り込《こ》んだ。

「えー？　これ以上言うことないだろ」

「あるだろ！　そんな説明でわかるわけねえだろ！」

「ほんと？　わかんない？」

なにがわからないのかすらも、わからない。

とりあえずこくこくとうなずいてみせると、式部先輩《しきべせんぱい》は「イイズナって知ってる？」とまたも変なことを言い出した。

「飯綱《いいづな》くんのことを知ってるかってことなら、知ってます。同じクラスなので」

「あ、そうなんだ。顔見知りだったんだね、ふたり」

彼《かれ》がわたしのことを認識《にんしき》しているかはわからないけれども。

「でも違《ちが》うんだよ〝イイズナ〟違《ちが》い。僕《ぼく》が言ってるのはこっち」

式部先輩《しきべせんぱい》はわたしに近づきながらポケットからスマホを取り出して操作《そうさ》する。そして「これ」と言ってわたしに画面を見せるように差し出した。

そこには、視聴覚室《しちょうかくしつ》で見たイタチもどきが映《うつ》し出《だ》されている。

こんがりおいしそうに焼かれたステーキを口に含《ふく》みながら、カメラ目線で怒《いか》りをあらわにしているイタチもどき。

「これ、イイズナっていう生き物なんだ」

イタチかと思ったけれど、なにやらイイズナという種類らしい。

「猛《たける》は、このイイズナなんだよね。わかった？」

——いや、わかりません……。

まったく理解《りかい》できていないことを先輩《せんぱい》は悟《さと》ってくれたらしく、改めて、今度はゆっくりと説明をしてくれた。

そのあいだ、飯綱《いいづな》くんはお母さんの運んできてくれたお菓子《かし》をひとりもぐもぐと食べていた。視聴覚室《しちょうかくしつ》でカツサンドを山盛《やまも》り食べていたはずなのに、よく食べるなあ。

ひとしきり話し終えた先輩《せんぱい》が「どう？」とわたしに聞く。

「だいたいわかったかな？」

「信じられない、ですけど……一応《いちおう》は」

とはいえ、実際《じっさい》わたしはこの目でしっかりと見てしまった。信じるしかない。そう思いながら飯綱《いいづな》くんに視線《しせん》を向ける。

飯綱《いいづな》くんは少し離《はな》れた場所で、まだお菓子《かし》を食べ続けている。一度席を外してお菓子《かし》のおかわりもしていた。もしかすると、甘《あま》いものが好きなのかもしれない。

——飯綱《いいづな》くんは、イイズナらしい。

イイズナとは、昔、〝管狐《くだぎつね》〟と呼《よ》ばれるあやかしのような存在《そんざい》だったそうだ。

〝管狐《くだぎつね》〟とは予言を行ったり、人に憑《つ》いて病《やまい》にさせたりするらしい。死者の声を聞くという〝イタコ〟と呼《よ》ばれるものも、実はイイズナが関係していたとか、いないとか。ただ、あまりに昔の話で、実際《じっさい》伝わっていることのどこからどこまでが真実なのかは不明だという。

どういう経緯《けいい》かはわからない。けれど、たしかなのは、飯綱《いいづな》くんの家に生まれる人たちは、代々、不思議な力を持って生まれ、イイズナとしての仕事をしてきた、ということ。

ただ、今はイイズナとしての力が弱まっていて、みんな普通《ふつう》の仕事をして生活しているらしい。離《はな》れた場所に住んでいるという父方の祖父《そふ》だけが、今もたまにそういう仕事もしていると言っていた。

それが、彼《かれ》がイイズナに変身してしまう理由のようだ。

なにそれ、よくわかんない。

でも、面白《おもしろ》い。

そっか、飯綱《いいづな》くんはイイズナになれるんだ。すごいなあ。

「もしかして、その髪《かみ》もイイズナだから？」

きれいな栗色《くりいろ》と内側の白色は、染《そ》められているようには見えない。さっき先輩《せんぱい》に見せてもらった写真のイイズナと同じ色だ。

「ああ」

「猛《たける》の髪《かみ》の毛《け》、冬になると総白髪《そうしらが》になるんだよ」

「白髪《しらが》って言うな！」

イイズナも冬毛になると白色になるらしい。なにそれ、飯綱《いいづな》くん不思議すぎる。

「……家族も、その、イイズナっていうのに、変身するの？」

ふと疑問《ぎもん》が浮《う》かんで口にすると、飯綱《いいづな》くんは「おれだけ」と答えてくれた。

なるほど。

さっきお姉さんかお母さんが『イイズナの血が濃《こ》い』と飯綱《いいづな》くんのことを言っていたのは、イイズナになってしまう、ということなのかも。言われてみると、お兄さんとお姉さんの髪《かみ》の毛《け》の色は黒だった。

そういうことだったんだあ。……まだ、よくわからないこともあるけれど、とりあえず、飯綱《いいづな》くんはれっきとした人間。でも、イイズナの力によってイイズナになってしまう、ということらしい。

なんてファンタジー。

「ねえ、他にはどんな力があるの？」

好奇心《こうきしん》が抑《おさ》えられず聞いてみると、飯綱《いいづな》くんはしばらくむっつりと黙《だま》ってしまった。口を真一文字にして、眉間《みけん》にシワを寄《よ》せている。怒《おこ》らせたのかと思ったものの、そばにいる先輩《せんぱい》が大丈夫《だいじょうぶ》、と笑顔《えがお》を作ってわたしに伝えてくれた。

なので、静かな部屋でジュースを飲みながら、飯綱《いいづな》くんの言葉を待つ。

自分でも驚《おどろ》くほど、居心地《いごこち》の悪さがない。今日だけで飯綱《いいづな》くんの意外すぎるいろんな面を見たのもあるだろう。彼《かれ》への恐怖心《きょうふしん》はほとんどなくなっているようだ。

「イイズナに変身してしまうこと以外だと……」

じっくり待つこと十分ほど。ジュースの入っていたグラスが空っぽになってしばらくしてから、ようやく飯綱《いいづな》くんがつぶやく。

「イイズナのときは、数分くらいだけど姿《すがた》を消すことも、できなくもない」

「透明《とうめい》人間、じゃない、透明《とうめい》イイズナってこと？　すごい！」

それは予想をしていなかった能力《のうりょく》だ。

実際《じっさい》には、カメレオンのような擬態《ぎたい》というか、なんかそういうもので、完全に存《そん》在《ざい》が消えるわけではないらしい。先輩《せんぱい》に「いいふうに説明しすぎだろ」と笑われていた。それでもすごすぎる。ステルス機能《きのう》じゃん！

「あとは、縁《えん》が視《み》える。人と人だったり、人と物だったり」

視聴覚室《しちょうかくしつ》で言っていた彼《かれ》の力とは、そういうことらしい。

「どんなふうに視《み》えるの？　赤い糸みたいな感じ？」

「色とか匂《にお》いとか、そういうのが、わかる。視《み》えるっていうか、感じる？　光、みたいな……」

言葉にするのが難《むずか》しいのか、飯綱《いいづな》くんは首をひねりながら答えてくれた。

飯綱《いいづな》くんの目には、わたしよりもたくさんのなにかが見えているんだろう。それって、どんな感じなのだろう。

不思議だなあ。

だけど、素敵《すてき》だなあ。

「じゃあ本当に、わたしと栞《しおり》には、縁《えん》が視《み》えたってことだよね」

ぽつりと言葉をこぼす。

「なんだよ、信じてなかったのかよ」

「ううん、そういう意味じゃなくて」

舌打《したう》ち混《ま》じりに飯綱《いいづな》くんが拗《す》ねたように言った言葉を、すぐに否定《ひてい》する。

たしかに非現実的《ひげんじつてき》で、それだけを教えられたら信じることは難《むずか》しかったかもしれない。けれど、わたしはこの目で飯綱《いいづな》くんがイイズナだという姿《すがた》をたしかに見た。

飯綱《いいづな》くんに不思議な力がある、ということは間違《まちが》いのない事実だ。

だからこそ。

――『縁《えん》ってのは、運と時間と想《おも》いなんだよ。簡単《かんたん》にできるもんじゃねえ』

――『大事なもんなんだろ。大事だと思ってんだろ』

――『じゃないと栞《しおり》とあんたのあいだに縁《えん》があるわけがない』

飯綱《いいづな》くんが言ってくれた言葉が、さっきよりもじんわりとわたしの胸《むね》に染《し》みる。

「大事だと思っているものとつながっているって、うれしいなって」

――『大事なら、ちゃんと大事にしなさい』

おじいちゃんの口癖《くちぐせ》が頭の中でやさしく聞こえてくる。

「……信じるのかよ」

飯綱《いいづな》くんが意外そうに目を丸くした。

「信じてほしくないの？」

「知らねえよ！」

「……えー。難《むずか》しいなあ、飯綱《いいづな》くんは」

ふっと肩《かた》の力が抜《ぬ》ける。信じないのかと拗《す》ねたり。信じるのかと驚《おどろ》いたり。声を

1. イイズナくんはいつも、ひとり

荒《あら》らげられてもまったく怖《こわ》く感じない。っていうか、飯綱《いいづな》くんのこの反応《はんのう》って、わたしが信じたことをよろこんでるでしょ、絶対《ぜったい》。

なんとなく、飯綱《いいづな》くんのことがわかってきた。

「飯綱《いいづな》くんは素直《すなお》じゃないねえ」

「うるせえ！　そんなことはねえ！　勝手なこと言うな！」

先輩《せんぱい》はわたしたちの会話に声をあげて笑った。


飯綱《いいづな》くんの家を出たのは、午後六時前。

わたしの家は学校を挟《はさ》んで逆《ぎゃく》側にあるので、ちょっと急いで帰らないと。弟が心配しているかもしれない。

ひとりで道わかるかな、と不安だったことに気づいたのか、式部《しきべ》先輩《せんぱい》が学校まで送ってあげると言ってくれた。

「……なんというか、愛されてますね、飯綱《いいづな》くん」

先輩《せんぱい》と並《なら》んで歩きながら、飯綱《いいづな》くんのお母さんに手渡《てわた》された紙袋《かみぶくろ》を抱《だ》きかかえてつぶやく。袋《ふくろ》の中には、高級そうなお店のロゴが入ったお菓子《かし》の箱が何種類かと、手作りっぽいクッキーが入っていた。

「どうかこれからも仲良くしてあげてね」「よろしくね」「悪い子じゃないから」と何度も頭を下げられてしまった。

「ここまでしてもらうと、なんだか申《もう》し訳《わけ》ないですね」

「今日はたぶん、赤飯《せきはん》炊《た》くんじゃないかなあ」

そんなにめでたいことなのか。

「猛《たける》はちょっと、人見知りが激《はげ》しくて誤解《ごかい》されやすいからね」

「そうですね。わたしも今日話すまでは、怖《こわ》い人なのかなって思ってました」

「すぐテンパって怒鳴《どな》るからなあ」

話しかけられて声を荒《あら》らげてしまうのは、どう反応《はんのう》すればいいのかわからないからのようだ。

「それに、目つきも悪いからね」

先輩《せんぱい》は自分のやや垂《た》れ下《さ》がった目尻《めじり》を指で吊《つ》り上《あ》げてみせる。口もわざとらしく尖《とが》らせるので、噴《ふ》き出《だ》してしまった。

「先輩《せんぱい》は、いつから飯綱《いいづな》くんと一緒《いっしょ》にいるんですか？」

「物心ついたときには一緒《いっしょ》にいたかな。僕《ぼく》の家は庭師《にわし》でね。祖父《そふ》が猛《たける》の家の庭を任《まか》されていたから、よく一緒《いっしょ》に出入りしてたんだよ。それから」

小さなころの飯綱《いいづな》くんは、かわいかっただろうなあ、と思った。

きっと、変身後の姿《すがた》も、子どもサイズのイイズナだったのだろう。一瞬《いっしゅん》だけだったので記憶《きおく》は曖昧《あいまい》になってしまっているけれど、現時点《げんじてん》でもかわいかった。ような気がする。

「昔から意地《いじ》っ張《ば》りなくせに泣き虫で、みんなに避《さ》けられて。それを拗《こじ》らせて口まで悪くなっちゃって。僕《ぼく》にも暴言《ぼうげん》ばっかりだよー」

先輩《せんぱい》も結構《けっこう》、飯綱《いいづな》くんをひどい扱《あつか》いしていたような気もするけれど……。

「でも、やさしいですよね、飯綱《いいづな》くん。たぶん」

先輩《せんぱい》が文句《もんく》を言いながらも楽しそうに飯綱《いいづな》くんのことを語るのを聞いていると、改めて飯綱《いいづな》くんは本当はやさしいんだろうな、と思った。そして、先輩《せんぱい》も。

「春日《かすが》ちゃん、変わってるよね」

やさしい声色《こわいろ》で、先輩《せんぱい》がふっと笑った。え、と先輩《せんぱい》を見る。

「僕《ぼく》でも、猛《たける》がイイズナになるのをはじめて見たときは叫《さけ》んじゃったのに、春日《かすが》ちゃんは結構《けっこう》すんなり受け入れたから」

「めちゃくちゃびっくりしましたよ」

声も出ないくらい驚《おどろ》いただけだ。

「春日《かすが》ちゃんが、猛《たける》を怖《こわ》がらなくてよかったよ」

「先輩《せんぱい》のおかげです」

「えー？　余計《よけい》なことしちゃったなあ」

先輩《せんぱい》も素直《すなお》じゃない。

目の前で先輩《せんぱい》と飯綱《いいづな》くんのやりとりを見たことで、彼《かれ》に抱《いだ》いていた印象はがらりと変わった。先輩《せんぱい》は素《す》の飯綱《いいづな》くんをわたしに知ってもらうために、視聴覚室《しちょうかくしつ》でののんびり会話を続けたり、飯綱《いいづな》くんの家に行く流れにしたに違《ちが》いない。

先輩《せんぱい》は、飯綱《いいづな》くんのことが大好きなのだろう。

「じゃあ、明日」

「はい、ありがとうございました」

先輩《せんぱい》に学校まで送ってもらい別れてひとりになる。家までは十分程度《ていど》だ。

1. イイズナくんはいつも、ひとり

今日は、不思議な一日だった。今まで一度も話したことのない飯綱《いいづな》くんの秘密《ひみつ》を知り、探《さが》しものを手伝ってもらえることになり、おまけに彼《かれ》の家にもお邪魔《じゃま》した。

あ、しまった。

せっかく家に行ったのだから、もう一度イイズナの姿《すがた》に変身してもらえばよかった。そして撫《な》でさせてもらえばよかった。

……飯綱《いいづな》くんのことだから簡単《かんたん》には触《ふ》れさせてくれないかもしれないけれど。

でも、きっとまたチャンスはある。

また、明日もある。

生ぬるい風の中で、わたしはふふっと笑《え》みをこぼした。

◇

「なんっで！　話しかけるんだ！」

次の日の昼休み、視聴覚室《しちょうかくしつ》に入るなり飯綱《いいづな》くんが大声で叫《さけ》んだ。

飯綱《いいづな》くん、毎日声を張《は》り上《あ》げて元気だなあ。

「飯綱《いいづな》くんがチラチラわたしを見てたから、話しかけてほしいのかなって」

「見てねえ！」

見てたけどなあ。

一緒《いっしょ》にいた千秋《ちあき》ちゃんも「今日、飯綱《いいづな》めっちゃ春日《かすが》のこと見てない？」「なにかしたの？」と言ってきたくらいだ。絶対《ぜったい》見てた。間違《まちが》いない。

昨日、「明日の昼休み、校内で栞《しおり》を探《さが》してみよう」という話になっていたので、その件《けん》でなにか言いたいことがあるのかなと昼休みに入ってすぐ、飯綱《いいづな》くん、と彼《かれ》が教室を出る前に近づいて声をかけたのだ。休み時間のたびに教室を出てどこかに行くから、さっきしかタイミングがなかったというのもある。

その瞬間《しゅんかん》、彼《かれ》はまるで魔物《まもの》がやってきたかのように驚《おどろ》き、顔を真っ青にして「うるせえええええ！」と言いながら教室から飛び出した。

それを見ていた千秋《ちあき》ちゃんに、「……春日《かすが》、あんなに避《さ》けられるなんて……飯綱《いいづな》になにをしたの？」と怪訝《けげん》な顔をされてしまった。

千秋《ちあき》ちゃんに今日はお昼一緒《いっしょ》に過《す》ごせないことを謝《あやま》ってから、飯綱《いいづな》くんのあとを追い視聴覚室《しちょうかくしつ》に向かった。

で、顔を合わせるなり飯綱《いいづな》くんに怒《おこ》られた。

「なんで話しちゃだめなの？　飯綱《いいづな》くんの秘密《ひみつ》をバラそうだなんて思ってないよ」

「そんな心配してねえよ！」

「……わたしの心配してくれてるとか？」

昨日も正門から一緒《いっしょ》に帰るのを避《さ》けたことを思い出す。

まさかね、と思ったものの、口にした途端《とたん》に飯綱《いいづな》くんは「ば！　な！　そ！」と言葉にならない声を発した。

じりじりとあとずさり、飯綱《いいづな》くんが教室の椅子《いす》にがたんとぶつかる。

これはもしかして……図星なのかな。

「あはは！」

「っ、なに笑ってんだお前！」

「飯綱《いいづな》くんはやさしいんだなあって」

褒《ほ》められるのも苦手らしく、彼《かれ》はさっき以上に言葉にならないなにかを口にしている。顔を耳まで真っ赤に染《そ》めて。

友だちがいないことも、みんなに怖《こわ》がられていることも、飯綱《いいづな》くんは気づいている。その理由を、自分が嫌《きら》われ者《もの》だからだと思っている。だから、そんな自分と話をすることで、わたしの立場が悪くなるんじゃないかと気を遣《つか》っているんだ。

話しかけられるたびに相手を拒絶《きょぜつ》しているのも、きっと同じ理由だ。

今までの経験《けいけん》が、彼《かれ》をそうさせているのだろう。

なんてやさしくて、なんて不器用な人なんだろう。

「気にしなくていいのに」

ふふっと笑うと、飯綱《いいづな》くんはちょっと驚《おどろ》いたような表情《ひょうじょう》をしてから「でも」と小さな声で言った。

「栞《しおり》が見つかるまでの関係なんだから……変な誤解《ごかい》は与《あた》えないほうがいい」

小さな、本当に小さな声だった。

まるでわたしにではなく、自分に言い聞かせているような。

「あれ？　ふたりとも早いね」

なにか言わなくちゃ、と思っていると勢《いきお》いよくドアが開いて先輩《せんぱい》が顔を出した。

室内に流れる微妙《びみょう》な雰囲気《ふんいき》を感じ取ったのか、わたしと飯綱《いいづな》くんを見比《みくら》べて「なになに？」と首をかしげる。

「ケンカでもしてたの？」

「してねえよ。ほら、さっさと探《さが》して終わらせるぞ」

ぷいっとそっぽを向いて、飯綱《いいづな》くんはシャツのボタンをはずした。

「やる気じゃん、猛《たける》。目星ついてるの？」

「たぶん、近くにある」

「ほんとに⁉」

思いがけない言葉にぐいっと飯綱《いいづな》くんに近づいて顔を覗《のぞ》き込《こ》む。すぐさま「近い！」と顔を押《お》しやられてしまった。

「たぶん、だからな！　今日、校内で何回か、お前の縁《えん》を感じただけ！」

「だからわたしのほう見てたの？」

「見てねえ！」

別に見てもいいのに。

「落とし物コーナーにあるとか？」

「いや、休み時間に見たけどなかった。それに……動いてる気がする」

誰《だれ》かが持っているか、誰《だれ》かの持ち物に紛《まぎ》れ込《こ》んだか、そのどちらかじゃないかとふたりが話す。そのあいだに、飯綱《いいづな》くんはシャツを脱《ぬ》いで先輩《せんぱい》に手渡《てわた》した。

「どうするの？」

どうして服を脱《ぬ》いでいるのか。

「イイズナのほうが、よくわかる」

「そうなの？」

「力の源《みなもと》みたいなのはイタコ、つまりイイズナだからな。人のときは、感じるだけ。集中したら見えるけど、強いものだけ」

その言葉を最後に、目の前にいたはずの飯綱《いいづな》くんがしゅんっと姿《すがた》を消した。と、思ったら床《ゆか》に落ちているズボンの裾《すそ》からゴソゴソと顔を出す。——イイズナの姿《すがた》で。

思わずしゃがみ込《こ》んでマジマジと見つめてしまう。

昨日は一瞬《いっしゅん》だったから、絶対《ぜったい》もう一度見せてもらおうと思っていた。けれど、まさかこんなに早く見られるなんて。

おずおずと手を差し出して「撫《な》でていい？」と聞くと、飯綱《いいづな》くんは——イイズナくんと呼《よ》んだほうがいいかもしれない――慌《あわ》てふためくように短い足をちょこまかと動かして部屋のすみに逃《に》げてしまった。きゅうきゅうとなにか鳴いている。

どうやら、イイズナのときは会話ができないようだ。

言葉をしゃべるイイズナだったら、今よりさらにかわいくて最高なのに！

きゅうきゅう、ともう一度鳴いてイイズナくんがふわりと浮《う》き上《あ》がった。

なんと！　飛ぶこともできるなんて！

「……かわいい……」

口元を押《お》さえながら感嘆《かんたん》の声をあげてしまう。

「ふはは」

先輩《せんぱい》が笑って「でしょう？」と同意を口にしてくれた。ちょうどわたしの目線とおなじ高さにいるイイズナくんにも聞こえていたらしく、彼《かれ》はわなわなと震《ふる》えながらわたしを見て、そしてぷいっと目をそらした。

イイズナだからわからないけれど、きっとまた顔を真っ赤にしていたに違《ちが》いない。

このあとなにをするのだろうと思っていると、イイズナくんの姿《すがた》が消える。

「たぶん、ひとり？　一匹《ぴき》？　で校内を見てくるんだと思うよ」

そのほうが動きやすいし、よく見えるしね、と言われた。

てっきり一緒《いっしょ》に探偵《たんてい》みたいなことができると思っていたのだけれど、そうではなかったのか。

先輩《せんぱい》とふたりきりでイイズナくんが戻《もど》ってくるのを待つ。

「わたしにも、できることがあればよかったのになあ……」

イイズナくん頼《だの》みで、わたしは待つことしかできないのが申《もう》し訳《わけ》ない、というか、つまらない。

「春日《かすが》ちゃんが望むのなら、あるけど……」

先輩《せんぱい》が意味深なことを言ったけれど、その先を口にする前にぽんっと目の前にイイズナくんが現《あらわ》れた。

「思ったよりも早かったな。っていうか出ていったのさっきじゃん」

きゅうきゅうと鳴き続けるイイズナくんは、式部《しきべ》先輩《せんぱい》の服を噛《か》んでどこかに引《ひ》っ張《ぱ》ろうとする。

「なんて言ってるんですか？　来いってこと？」

「そうみたいだね」

1. イイズナくんはいつも、ひとり

イイズナくんはこくこくとうなずいた。そして脱《ぬ》ぎ捨《す》てた制服《せいふく》の中に入る。人に戻《もど》るのかも、と目をそらした途端《とたん》に「すぐそこにいる」と飯綱《いいづな》くんの声が聞こえた。素早《すばや》く制服《せいふく》を身に着け視聴覚室《しちょうかくしつ》を出ていった飯綱《いいづな》くんのあとを追い、廊下《ろうか》に出る。渡《わた》り廊下《ろうか》を通って本校舎《こうしゃ》に向かい、そして、廊下《ろうか》の先にある階段《かいだん》を降《お》りる。

三階と二階のあいだにある踊《おど》り場《ば》で、三人の男子生徒が壁《かべ》にもたれかかり話をしていた。髪《かみ》の毛《け》の色が明るく、堂々としていて声も大きい。ちょっと怖《こわ》そうな雰囲《ふんい》気《き》だ。おまけに名札の色は式部《しきべ》先輩《せんぱい》とも違《ちが》う白色。ということは三年生。

「あの中の誰《だれ》かだ。三人の距離《きょり》が近すぎて誰《だれ》かは断言《だんげん》できねえけど」

飯綱《いいづな》くんが顎《あご》で彼《かれ》らを指した。

本とは無縁《むえん》そうに見えるけど、なんでこの人たちが栞《しおり》を持っているのだろうか。でも、飯綱《いいづな》くんがぎろりと睨《にら》んでいるので、この中の誰《だれ》かがわたしの栞《しおり》を持っているのは間違《まちが》いないのだろう。

……でも、どうすれば。

無言で式部《しきべ》先輩《せんぱい》と目を合わせ、そのまま二階まで降《お》りる。そばにいた飯綱《いいづな》くんは「なんでなにも言わねえんだ！」と小声ではあるものの文句《もんく》を言っていた。廊下《ろうか》の物《もの》陰《かげ》に隠《かく》れて、踊《おど》り場《ば》にたむろする三年の先輩《せんぱい》たちを見つめながら「仕方ないだろ」と式部《しきべ》先輩《せんぱい》が肩《かた》をすくめる。

「問《と》い詰《つ》めればいいだろ」

「いやいや、無理だよ。相手は三年だよ。せめて二年なら僕《ぼく》が話せたけど」

「持ってるのはたしかなんだから」

「それがわかってるのは猛《たける》と、それを信じてる僕《ぼく》らだけだ。持ってないって言われたらどうすんだよ」

身体検査《けんさ》するわけにもいかない、か。そりゃそうだ。

飯綱《いいづな》くんは悔《くや》しそうに奥歯《おくば》を噛《か》んで三年の先輩《せんぱい》を睨《にら》む。

ぶつかってみてはどうだろう。ジュースをこぼしてみるとか。どさくさに紛《まぎ》れてポケットの中を探《さぐ》って……。でも、三人のうちの誰《だれ》が栞《しおり》を持っているのかわからない。全員にジュースをかけるのも難《むずか》しい。

式部《しきべ》先輩《せんぱい》とこそこそと相談したものの、まったくいい案が浮《う》かばなかった。

「あー金ねえかなあ」

ひとりの先輩《せんぱい》が大きな声で言う。三人の中で一番髪色《かみいろ》が明るく、体も大きな人だ。

赤みがかった茶色の短い髪《かみ》の毛《け》。制服《せいふく》のシャツを胸元《むなもと》まで外していて、中に着た赤いTシャツが見える。ズボンを腰《こし》ではいているからか、裾《すそ》が擦《す》り切《き》れているし上靴《うわぐつ》もボロボロだった。

「ミッチー、いっつも金ないって言ってんじゃん」

「だってさー、フリマアプリでいらねぇもの売っても、はした金にしかならないし」

「なに売ってんの？」

ミッチーと呼《よ》ばれた先輩《せんぱい》は、ポケットからスマホを取り出して「なんだっけ？」と操作《そうさ》をはじめた。

「昔の漫画《まんが》とかゲームとか。あ、あと昨日拾ったやつ。きれいだから妹にやろうと思ったけどいらねえって言われて出品してみた」

会話を聞きながら、もしかして、と身を乗り出す。

「金色の栞《しおり》みたいなの」

「あ！」

やっぱり、と思った瞬間《しゅんかん》大きな声を出してしまう。しまった。

その声は当然、先輩《せんぱい》たちにも聞こえてしまったらしく、三人はわたしたちに視線《しせん》を向ける。そして、怪訝《けげん》な顔をして「なに」と冷たく言った。

やばい、怖《こわ》い。

「あーえっと……その」

あははは、と引きつった笑《え》みでおとなしく物陰《ものかげ》から一歩前に出る。

「さっき話してた栞《しおり》、こいつのなんだよ、返せ」

なんて言えばいいかと考えていると、隣《となり》から飯綱《いいづな》くんが出てきて先輩《せんぱい》たちを見上げる。少しだけわたしよりも前に出て。

もしかして、守ってくれている、のかな。

「なにそれ。知らねえし。一年のくせにうるせえんだよ。っていうかその髪《かみ》、飯綱《いいづな》ってやつか？　目つきの悪いヤバそうなやつがいるって聞いたことあるな」

飯綱《いいづな》くんは、三年生にまで名前が知《し》れ渡《わた》っているようだ。

先輩《せんぱい》たちは「こんなガキ、無視《むし》して行こうぜ」と階段《かいだん》を降《お》りてくる。そのままわたしたちの前を通《とお》り過《す》ぎようとしたところで、飯綱《いいづな》くんが赤茶髪《あかちゃがみ》のミッチー先輩《せんぱい》の腕《うで》を掴《つか》み引き止めた。

「返せよ」

「知らねえって言ってんだろ」

ミッチー先輩《せんぱい》が飯綱《いいづな》くんに負けないほどの睨《にら》みをきかせる。それでも飯綱《いいづな》くんはまったく引く気配がない。

「それは、あんたのじゃない。こいつのだ」

「どこに俺《おれ》が盗《ぬす》んだっていう証拠《しょうこ》があるんだよ」

「見たらわかる」

先輩《せんぱい》は「はあ?」と顔を歪《ゆが》めた。そばにいたふたりも、なにを言っているのかさっぱりわからないとでも言いたげに肩《かた》をすくめる。

離《はな》せよ、と乱暴《らんぼう》に腕《うで》を振《ふ》り払《はら》われても、飯綱《いいづな》くんは何度も引き止めた。「いい加減《かげん》にしろよ!」とミッチー先輩《せんぱい》がいらだたしげに大きな声を出す。

もういいよ、と言葉にしかけて、呑《の》み込《こ》む。

――『大事なら、ちゃんと大事にしなさい』

――『迷《まよ》ったときは、勇気がいるほうを選びなさい』

おじいちゃんが遠くを見つめながら、わたしに何度も言った言葉が頭の中に響《ひび》く。

「――返して、ください！」

勇気を振《ふ》り絞《しぼ》り、ミッチー先輩《せんぱい》に頭を下げて叫《さけ》ぶ。

「大事な、ものなんです」

飯綱《いいづな》くんは、わたしのために行動してくれている。だから、わたしも頑張《がんば》るんだ。縁《えん》があると言ってもらえた宝物《たからもの》を、大事にするために。

諦《あきら》めるなと、彼が言ってくれたから。

「いや、だから……」

「あんたにとってその栞《しおり》は、お金になるものなのかもしれない。それもひとつの縁《えん》だと思う」

否定《ひてい》しようとするミッチー先輩《せんぱい》の言葉を遮《さえぎ》って、飯綱《いいづな》くんが言った。

「でもこいつにとってはお金に換《か》えられないほど、価値《かち》のあるものだ。その縁《えん》は、代用がきかない。切れたら同じ縁《えん》はつくれない」

飯綱《いいづな》くんの口調は、穏《おだ》やかに聞こえた。

いつものように声を荒《あら》らげることなく、諭《さと》すようにゆっくりと語っている。床《ゆか》に向けていた視線《しせん》を飯綱《いいづな》くんに移動《いどう》させると、彼《かれ》の表情《ひょうじょう》は真剣《しんけん》そのものだった。

1. イイズナくんはいつも、ひとり

「だからなんだよ。縁《えん》とか、なにかの宗教《しゅうきょう》かよ」

「あんたにもあるだろう」

「は？」

「あんたにも、こいつにとっての栞《しおり》のような、代替《だいたい》のきかない大事なものが」

飯綱《いいづな》くんは、ゆっくりとミッチー先輩《せんぱい》の手元を指差した。

そこには、スマホが握《にぎ》られている。そして、そのスマホには、薄汚《うすよご》れたピンクのなにかがぶら下がっていた。フェルトで作られたであろう、なにかだ。

手作りのものなのだろう。すごくいびつな形で、かろうじて生き物っぽいことがわかった。

「……ぶ、た？」

「うさぎだ！」

つい口にしてしまった。おまけに間違《まちが》っていたようで、先輩《せんぱい》に間髪《かんはつ》をいれずに否《ひ》定《てい》されてしまった。

「それ、あんたにとって大事なものなんだろ。視《み》ればわかる」

飯綱《いいづな》くんがそう言う、ということは、彼《かれ》とこのストラップに縁《えん》が視《み》えているのだろう。

この人も、なにかを大事にできる人だ。

だったら、きっと。

「その栞《しおり》、祖父《そふ》からもらった、大事なものなんです」

わたしの気持ちも伝わるはずだ。

おじいちゃんとおばあちゃんはわたしの家から電車で数駅のところに住んでいた。共に接客《せっきゃく》の仕事をしていた両親は帰宅《きたく》が遅《おそ》く、休日も仕事で家を空《あ》けることが多かったため、わたしと弟はほとんど毎日、おじいちゃんたちの家で過《す》ごしていた。

おじいちゃんとおばあちゃんは、とても仲が良かった。ふたりが一緒《いっしょ》にいる家の中は、いつだって穏《おだ》やかであたたかくてやさしくて。わたしはとても好きだった。

そんなおばあちゃんが亡《な》くなったのは、今から三年前のことだ。お葬式《そうしき》でのおじいちゃんはひどく落《お》ち込《こ》んでいて、わたしはずっと隣《となり》で手を握《にぎ》っていた。

それから一年半経《た》ったころ、今度はおじいちゃんが倒《たお》れた。

脳《のう》の病気で一命はとりとめたものの、手足に麻痺《まひ》が残った。リハビリを経《へ》て今は家に戻《もど》り、ひとりで暮《く》らしているけれど。

「祖父《そふ》は読書が好きで、その栞《しおり》を愛用してたんです」

でも。

「今は、手先がうまく動かせないし、目も悪くなって小さな文字はもう読めないから、だから、わたしに使ってほしいって、祖父《そふ》に託《たく》された、大事な栞《しおり》なんです」

わたしは毎日それを持ち歩いた。そして週に一回はおじいちゃんに会いに行き、そのとき読んでいる本を朗読《ろうどく》するというのが、今のわたしの日課だ。もちろんおじいちゃんが好んでいたような難《むずか》しい時代小説ではない。けれど、おじいちゃんはいつもうれしそうにわたしの声に耳を傾《かたむ》けてくれた。

「その栞《しおり》は、亡《な》くなった祖母《そぼ》と一緒《いっしょ》に行ったインド旅行で買ったそうで、祖父《そふ》はとても大事にしていました。祖父《そふ》にとっても、わたしにとっても、たったひとつしかない大事なものなんです。お願いします、返してください」

飯綱《いいづな》くんにも認《みと》めてもらった、視《み》てもらえた、大事な縁《えん》なのだ。

もう一度、今度はさっきよりも深く頭を下げる。

手元には、金色の栞《しおり》。

視聴覚室《しちょうかくしつ》に戻《もど》ってきて、改めて栞《しおり》を眺《なが》める。

「よかったね、春日《かすが》ちゃん」

式部《しきべ》先輩《せんぱい》が満足そうにうなずいて、わたしは「はい！」と元気よく返事をした。

あのあとミッチー先輩《せんぱい》はポケットから栞《しおり》を取り出し、わたしに返してくれた。「大事なもんなら落としてんじゃねえよ」と舌打《したう》ち混《ま》じりに言われたけれど、なぜかあまり怖《こわ》くはなかった。「ありがとうございます」とお礼を伝えると、「次拾ったら俺《おれ》のだからな」と言われた。

ぎゃははは、と友だちに笑われながら去っていく先輩《せんぱい》の背中《せなか》は、わたしにはとてもやさしく映《うつ》った。

「っていうか、式部《しきべ》なんもしてねえだろ」

そう言って飯綱《いいづな》くんは大量のおにぎりを頬張《ほおば》る。ざっと数えるだけで三十個《こ》はありそうな量だ。そしてすでに食べ終わったおにぎりは十五個《こ》。

「よく食べるね、飯綱《いいづな》くん」

「イイズナって大食いなんだって。だから、猛《たける》も大食いなの。この体のどこにこれだけの量が入るか不思議だよねえ」

昨日カツサンドを山ほど食べていたのもそういうことだったのか。

「普段《ふだん》はイイズナには自分の意志《いし》で変身できるんだけど、お腹《なか》が空《す》きすぎると勝手にイイズナになるんだよね。少しでもカロリー消費を抑《おさ》えようとして体が勝手に変身するのかな」

不思議だよねえ、と先輩《せんぱい》がもう一度言って笑った。

「うるせえな！」

「ありがとう、飯綱《いいづな》くん、本当に」

「……別に！　約束だしな」

ふんっと鼻を鳴らしてそっぽを向いた飯綱《いいづな》くんは、もきゅもきゅとおにぎりを口の中に押《お》し込《こ》み続ける。

約束、か。

飯綱《いいづな》くんの秘密《ひみつ》を誰《だれ》にも言わない代わりに、栞《しおり》を探《さが》してもらった。

――『栞《しおり》が見つかるまでの関係なんだから』

飯綱《いいづな》くんが言っていたセリフを思い出す。それはつまり、栞《しおり》が見つかったら、また今までのような、会話をしない、ただのクラスメイトに戻《もど》るということだ。

みんなに怖《こわ》がられている飯綱《いいづな》くんは、みんなが思うような人じゃない。

たった一日。

会話をしたのは数時間。

それだけで、わたしが今まで抱《いだ》いていた飯綱《いいづな》くんへの印象は、がらりと変わった。

友だちができたんだと、家族みんながよろこんでいた。

話しかけると困《こま》ったように顔を真っ赤にしていた。

幼《おさな》いころは友だちができなくて泣いていたという飯綱《いいづな》くん。部屋には友だちを作るための本があって、わたしのために、話しかけてきてくれる人のために、距離《きょり》を取ろうとする。

でも、それはきっと、飯綱《いいづな》くんのほんの一部だ。

「飯綱《いいづな》くん！」

近づいて、彼《かれ》の顔がよく見える位置に移動《いどう》する。

「なんだよ！　驚《おどろ》かすなよ！」

一瞬《いっしゅん》おにぎりが喉《のど》に詰《つ》まったのか、飯綱《いいづな》くんがごふごふと咳《せ》き込《こ》んだ。

1. イイズナくんはいつも、ひとり

「黙《だま》っている代わりにこの栞《しおり》を見つけてもらったけど、もらったもののほうが大きすぎると思うの」

今わたしのもとに戻《もど》ってきてくれたこの栞《しおり》は、飯綱《いいづな》くんに出会えなければ失っていたものだ。

「は？」

「だから、これから飯綱《いいづな》くんが探しものするのを手伝わせて！」

まだまだ、彼《かれ》のことを知りたい。

それに、わたしはまだイイズナくんを撫《な》でていない。

「手伝いって、別にそんなものいらねえよ！　他人の探《さが》しものなんて興味《きょうみ》ねえし、協力するのは今回だけだっつの！」

「え？　そうなの？　もったいない」

知るか！　とまたそっぽを向かれてしまった。これ以上話すことはないぞとばかりに、飯綱《いいづな》くんはそばにあったペットボトルに口をつけてごくごくと水を飲む。

でも、言われてみればたしかにそうか。せっかくこんなにすごい力があっても、それを人に話すわけにはいかない。

「――じゃあ、友だちになって」

飯綱《いいづな》くんは水をぶは！　と噴《ふ》き出《だ》した。

「な、なに、なに言って！」

「いいじゃん。友だちになればこれから話しても問題ないし、もしもなにかお手伝いできることがあれば協力できるし」

それに。

「わたしが一緒《いっしょ》にいたら、他にも友だちできるかもしれないよ？」

飯綱《いいづな》くんの顔が、まるで赤いペンキを顔に塗《ぬ》りたくられたかのように真っ赤になった。触《ふ》れると熱いかもしれない。頭から湯気が出ているような気もしないでもない。瞳《ひとみ》もあちらこちらに揺《ゆ》れ動《うご》いている。

……いきなりすぎただろうか。

飯綱《いいづな》くんが完全にキャパオーバーだ。

「あ、あの……」

「し！　仕方ねえな！」

飯綱《いいづな》くんはわたしに背《せ》を向けたけれど、耳だけではなく首まで赤かった。そして、

「めんどくせえな！」「意味わかんねえ」「バカじゃねえの！」とひとりで文句《もんく》を言いながらおにぎりを食べ続けている。

式部《しきべ》先輩《せんぱい》がそっとわたしに近づいてきて、

「物好き仲間だね。猛《たける》、かわいいでしょ？」

と耳打ちした。

めちゃくちゃ、かわいいです。

全力で同意します。

「これからよろしく、飯綱《いいづな》くん」

飯綱《いいづな》くんは、眉間《みけん》にシワを寄《よ》せて、おにぎりで頬《ほお》を膨《ふく》らませながら振《ふ》り返《かえ》った。

「っ、か、勝手にしろ」

彼《かれ》の口元は、綻《ほころ》んでいるように見えた。

2. イイズナくんとたまに、恋《こい》バナ

目の前には、重箱が五つ。

すべての段《だん》にぎっしりつめられた唐揚《からあ》げ。別の重箱にはハンバーグ。他に卵焼《たまごや》き、サラダ、かぼちゃの煮物《にもの》。そしてラップに包まれたおにぎりが三十個《こ》。飯綱《いいづな》くんは、それを次から次へと食べていく。

「……飯綱《いいづな》くんの胃ってどうなってるの」

まるで吸《す》い込《こ》まれるようになくなっていくのは、いつ見ても不思議だ。もちろん、多少お腹《なか》が大きくなるけれど、それでも絶対《ぜったい》体積が合っていないと思う。しかも、食後のデザートも用意しているらしい。

「このくらい食べねえともたねえんだよ」

「イイズナって大変なんだねえ」

あまりの食べっぷりに、毎回見入ってしまう。

2. イイズナくんとたまに、恋《こい》バナ

飯綱《いいづな》くんと〝友だち〟になってから半月ほど。こうして一緒《いっしょ》にお昼ご飯《はん》を食べるのは三回目だ。というのも、いつも教室を出てどこかでお昼を過《す》ごしている飯綱《いいづな》くんに、何度か一緒《いっしょ》に教室で食べようと誘《さそ》ったけれど断《ことわ》られたから。ならば、わたしが飯綱《いいづな》くんの行く場所でお昼ご飯《はん》を食べよう。そう思って着いていき、辿《たど》り着《つ》いた場所が、ここ、今は使われていない東校舎《こうしゃ》四階の空《あ》き部屋だった。

そこで、飯綱《いいづな》くんは毎日式部《しきべ》先輩《せんぱい》と一緒《いっしょ》にお昼を過《す》ごしているらしい。

もちろん、その理由はこの食事の量だ。

毎日大きなカバンを手にして教室を出ていくから不思議に思っていたけれど、お昼ご飯が詰《つ》められていただけだったようだ。

「ったく、体育の授業《じゅぎょう》とかまじでウザい」

飯綱《いいづな》くんはぶつぶつと文句《もんく》を言っている。

しかも今日は雨だったから、体育館の外周、屋根の下をひたすら走っていたという。うわあ、最悪だ。

「いつもの量じゃ足りねえんだよな」

「動いた分消費されるからねえ。猛《たける》の場合は特に」

お腹《なか》が空《す》きすぎると勝手にイイズナになってしまうので、常《つね》にお腹《なか》を満たしておかないと不安なんだとか。

「また前みたいに気を抜《ぬ》いて、誰《だれ》かに見られたらやばいからな」

「視聴覚室《しちょうかくしつ》で会った日、そんなに空腹《くうふく》だったの？」

「あの日、体育があっただろ。それに休み時間に先生に雑用頼《ざつようたの》まれたりして、放課後まで満足に食べれなかったんだよ」

なるほど。

そういえば、前に真佐《まさ》くんが〝飯綱《いいづな》くんは体育のあとは誰《だれ》よりも先に着替《きが》えてどこかに行く〟て言ってたっけ。ご飯《はん》を食べていたのか。

今までは視聴覚室《しちょうかくしつ》で食べていたらしい。けれど、わたしに見つかったことでより安全な場所を求め、この空《あ》き部屋《べや》に移動《いどう》したようだ。鍵《かぎ》をかけることはできないけれど、授業《じゅぎょう》で使われることがない分こちらのほうが人は来ないに違《ちが》いない。

「不思議な体質《たいしつ》だよねえ」

「お前がそんな小さな弁当《べんとう》で足りることのほうがおれには不思議だよ」

わたしのお弁当《べんとう》をちらりと見て、飯綱《いいづな》くんが信じられないという顔をする。そしておにぎりをひとつわたしに放り投げた。

「いいの？　飯綱《いいづな》くんの家のおにぎりおいしいよね。今日の具はなに？」

「もしかしておにぎり目当てでここに来てるんじゃねえだろうな」

「あはは、バレた？」

もらったおにぎりのラップを早速《さっそく》剥《は》がして頬張《ほおば》ると、飯綱《いいづな》くんは「ったく」と言ってほんの少し口《くち》の端《はし》を持ち上げる。

飯綱《いいづな》くんのこのかすかな笑《え》みを見ると、少しは仲良くなれたのかな、とうれしくなる。

わたしのお弁当《べんとう》は飯綱《いいづな》くんのに比《くら》べたらおかずにもならない量だけれど、わたしにとっては少なくない。それでも飯綱《いいづな》くんはいつもこうしておにぎりやおかずをちょっと分けてくれる。たまにデザートも。

飯綱《いいづな》くんはガードが固い。その分、一度仲良くなるととびきり甘《あま》やかしてくれる傾向《けいこう》があるようだ。

もらったおにぎりは、もちもちしていて冷めていてもおいしい。自分で作ったものとなにかが違《ちが》う。前に飯綱《いいづな》くんに聞いたら、オリーブオイルやごま油が混《ま》ぜられた、オイルおにぎり、というものらしい。

「おにぎりにオリーブオイルを混《ま》ぜたらこんなにおいしくなるなんて知らなかった」

「今度お前も作ればいいだろ」

「そうなんだけど、分量がよくわかんないんだよねえ」

お弁当《べんとう》は毎朝自分で用意している。といっても前の晩《ばん》にお母さんが作ってくれた晩《ばん》ご飯《はん》のおかずの残りとご飯《はん》を詰《つ》めているだけなのだけれど。

「前に春日《かすが》ちゃんにおにぎりおいしいって言ってもらってから、いつでも春日《かすが》ちゃんに分けられるように毎日お弁当《べんとう》はおにぎりにしてもらってるんだって」

式部先輩《しきべせんぱい》が、こっそりわたしに耳打ちした。

え、なにそれかわいすぎるんだけど。

「あ、そういえば猛《たける》、今週から放課後ちょっとひとりで帰れる?」

「……なんで?」

「来週の小テスト対策《たいさく》に勉強教えてほしいってクラスメイトに頼《たの》まれてさ。数学の先生厳《きび》しいし、小テストの結果では宿題が増《ふ》えるから他人事《ひとごと》じゃないし」

友だちに頼《たよ》られるほど式部先輩《しきべせんぱい》は頭がいいようだ。というか、先輩《せんぱい》には飯綱《いいづな》くん以外の友だちがいるんだ。

よく考えてみれば、不機嫌《ふきげん》そうな飯綱《いいづな》くんと一緒《いっしょ》にいるときですら、先輩《せんぱい》はいつもにこやかで口調もやさしい。わたしにも初対面から気さくに話しかけてくれたし、友だちがいるのも当たり前か。

「二年になると数学、難《むずか》しそうですよね」

わたしは今でも数学はあまり得意ではない。

どんどん難《むずか》しくなるのかなあ、ついていけるかなあ。

「そうなんだよね。というわけで、猛《たける》しばらく――」

「だめだ」

先輩《せんぱい》の言葉を遮《さえぎ》るように、飯綱《いいづな》くんはきっぱりと拒否《きょひ》した。

「なんでだよ。ひとりで帰れるだろ。去年だってひとりだったんだし」

「それとこれとは別だ。無理。だめだ」

頑《かた》なに認《みと》めようとしない飯綱《いいづな》くんに、先輩《せんぱい》は困《こま》ったように笑う。

なんでそんなにいやがるのだろう。

「今はまだ一緒《いっしょ》にいねえと不安なんだよ！」

え、なにそれ、めちゃくちゃかわいいんだけど。

心なしか、飯綱《いいづな》くんの目がうるんでいるように見える。

「あはは、そんなにかわいいこと言っても無理だよ。ひとりでも大丈夫《だいじょうぶ》、大丈夫《だいじょうぶ》」

先輩《せんぱい》はこのかわいさに慣《な》れているようで、あっさり断《ことわ》った。飯綱《いいづな》くんは「かわいくねえ！」と必死に取《と》り繕《つくろ》うけれど、その反論《はんろん》さえかわいく見える。

なんでだ、だめだ、をお互《たが》い言い合って、結局飯綱《いいづな》くんが渋々《しぶしぶ》受け入れた。

先輩《せんぱい》と飯綱《いいづな》くんの関係は見ていると面白《おもしろ》い。

一見、飯綱《いいづな》くんに式部《しきべ》先輩《せんぱい》が振《ふ》り回《まわ》されているように見えるけれど、実際《じっさい》のところ先輩《せんぱい》のほうが上手《うわて》だ。

「じゃ、そろそろ戻《もど》ろうか」

午後の授業《じゅぎょう》十分前に鳴る予鈴《よれい》が聞こえてきたので立ち上がる。

お腹《なか》がいっぱいになると途端《とたん》に眠《ねむ》くなり、あくびをしながら教室に向かった。階《かい》段《だん》の手前で四階に残るわたしたちは、三階に降《お》りる先輩《せんぱい》と別れる。

ふたりきりになると、飯綱《いいづな》くんは落ち着きをなくして、そわそわとしはじめる。

「どうしたの」

「……お前、おれと一緒《いっしょ》に教室に戻《もど》るのか？」

「前も一緒《いっしょ》に戻《もど》ったじゃん」

「でも」

そう言って、飯綱《いいづな》くんはわたしと距離《きょり》をあけるために、歩く速度を少し落として周りをうかがうような表情《ひょうじょう》を見せた。

彼《かれ》が気にしているのは周りの目だ。現《げん》に今も廊下《ろうか》ですれ違《ちが》う同学年の生徒はわたしと飯綱《いいづな》くんの姿《すがた》を興味深《きょうみぶか》そうに見ている。

「もしも、なにか言われたらおれに言えよ」

「言われないよ」

「言われたら、だよ」

気にしなくてもいいのになあ。

みんなは飯綱《いいづな》くんが思っているような理由――たぶん、あんなやつと仲良くなるなんて信じられない、とか――でわたしたちを見ているわけじゃないのに。

千秋《ちあき》ちゃんにも「どうやって仲良くなったの？」と驚《おどろ》かれたけれど、それだけだ。

今までいつもひとりだった飯綱《いいづな》くんが、誰《だれ》かと一緒《いっしょ》にいる、ということがみんな珍《めずら》しいだけ。それを何度説明しても、飯綱《いいづな》くんは納得《なっとく》してくれない。

飯綱《いいづな》くんは、とにかく、気を遣《つか》う。

口が悪いのと、人付き合いが苦手だからかすぐ大声を出してしまうことで誤解《ごかい》されているけれど、人を寄《よ》せつけないようにしているのは、飯綱《いいづな》くんなりに相手のことを考えてのことだ。

わたしに教室で話しかけられるのも、はじめは拒否《きょひ》して逃《に》げ回《まわ》っていた。めげずに声をかけ続けたからか、最近は、少しだけれど人前でも声を荒《あら》らげることなく話をしてくれる。ちなみに、はじめて会話ができたときは、それを見たクラスメイトに拍手《はくしゅ》をされて、飯綱《いいづな》くんは「うるせえ！」と叫《さけ》びながら教室から逃《に》げ出《だ》した。

「いいからいいから。ほら、授業《じゅぎょう》はじまるよ」

「ほんと、変なやつだな、お前」

飯綱《いいづな》くんのやさしさは、少し、かなしい。

今までどんな日々を過《す》ごしてきて、どんなことを感じてきたのか。

教室に戻《もど》ると、いつものことながら飯綱《いいづな》くんとわたしに視線《しせん》が集中する。さっと目をそらして自分の席に戻《もど》る飯綱《いいづな》くんの眉間《みけん》にはシワが寄《よ》っていて、なにも知らなければ怒《おこ》っているように見えるだろう。

本当は困《こま》っているだけなのに。

……せっかく同じクラスで仲良くなれたのだから、みんなにも飯綱《いいづな》くんのかわいいところを知ってもらえたらいいんだけどなあ。


雨は放課後になっても降《ふ》り止《や》まず、窓《まど》の外からは湿《しめ》った空気の匂《にお》いがした。

「千秋《ちあき》ちゃん遅《おそ》いねえ」

窓際《まどぎわ》の席で頬杖《ほおづえ》をつきながらつぶやく。隣《となり》でスマホをいじっている真佐《まさ》くんは「どうせ誰《だれ》かと雑談《ざつだん》に夢中《むちゅう》になってるんだろ」と呆《あき》れたように言った。

今日は雨のため部活が休みになったから、という理由で千秋《ちあき》ちゃんと一緒《いっしょ》に帰ることになった。そのまま千秋《ちあき》ちゃんの家に寄《よ》って遊ぶ予定だ。なぜか真佐《まさ》くんも。まあ、真佐《まさ》くんが部活に出ないのはいつものことだけれど。個人的《こじんてき》に通っている剣道《どう》道場がメインで、部活はおまけだと前に言っていた。

そして今は、ふたりで千秋《ちあき》ちゃんを待っている。友だちに借りた教科書を返しに行くから待っていてと言われて、すでに二十分だ。

「はー、雨止《や》まねえかなあ。オレ雨嫌《きら》いなんだよなあ」

「そうなの？　いいじゃん雨。お気に入りの傘《かさ》買ったらテンション上がるよ」

「オレすぐなくすからビニール傘派《がさは》」

「わたしもビニール傘《がさ》のときよくなくしてたけど、お気に入りの一本を買ったら大事にするから、置き忘《わす》れたりしなくなったよ」

先月、千秋《ちあき》ちゃんと一緒《いっしょ》にでかけたときにふたりで買ったものだ。普通《ふつう》の傘《かさ》を買った千秋《ちあき》ちゃんに対し、わたしは折りたたみを買ったから、なくしにくいのは当たり前なんだけど。

同じデザインだけれど、千秋《ちあき》ちゃんとまったく一緒《いっしょ》なわけではない。よくよく見るとちょっと違《ちが》っている。そんな微妙《びみょう》なおそろい感がわたしも千秋《ちあき》ちゃんも気に入ったのだ。

「あれ？　春日《かすが》ちゃんと真佐《まさ》くんはまだ帰らないの？」

クラスメイトの女子ふたりが帰る準備《じゅんび》をして、わたしたちに声をかける。

「千秋《ちあき》ちゃん待ってるの」

「なんだ、いい雰囲気《ふんいき》だから邪魔《じゃま》しちゃったかと思った」

「そんなわけないじゃん。ふたりはもう帰るの？　バイバイ、また明日ー」

教室を出ていくふたりに手を振《ふ》って見送ると、教室にはわたしと真佐《まさ》くんだけになってしまった。

この様子を見たら、たしかに誤解《ごかい》してしまうだろう。

「真佐《まさ》くんさあ」

「なに？」

「千秋《ちあき》ちゃんに告白しないの？」

言葉にした瞬間《しゅんかん》、真佐《まさ》くんがスマホを床《ゆか》に落とした。

「な、なに。なんだよ急に！」

「千秋《ちあき》ちゃんのこと好きでしょ？　あ、否定《ひてい》しても無駄《むだ》だからね。バレバレだし」

「な、え？　バレバレ……？」

わたしに知られていると思わなかったのか、真佐《まさ》くんは顔に手を当てて自分がどんな表情《ひょうじょう》をしているのか確《たし》かめる。そういうところがバレバレなんだよ真佐《まさ》くん、と思ったけれど口にしなかった。

「わたしとウワサになる前に告白したほうがいいと思うなあ」

「なんだよ、西島《にしじま》とウワサって」

「……女子はいろいろあるんだよ」

男子にも何度かわたしと真佐《まさ》くんが付き合っているのではないかとからかわれたことがあるのに、よくわかっていないところが真佐《まさ》くんらしい。きょとんとする真佐《まさ》くんを見て、ついため息をついてしまった。

「だいたい、告白したって、北見《きたみ》がどう思ってるのかわかんないじゃん。っていうか、西島《にしじま》、北見《きたみ》からなんか聞いてる？」

はっとして顔を上げた真佐《まさ》くんに、期待を込《こ》めた眼差《まなざ》しを向けられてしまった。

聞いていないけどたぶん両想《りょうおも》いだよ、とわたしが口にしてもいいものかわからず「なにも」とだけ答えると、真佐《まさ》くんはがっくりとわかりやすく肩《かた》を落とした。

早く付き合っちゃえばいいのになあ。

わたしとウワサになったら千秋《ちあき》ちゃんも気にするだろうし。

「早く告白しないと、千秋《ちあき》ちゃんかわいいから誰《だれ》かに先越《こ》されちゃうよ」

「フラれたら今みたいに話せなくなるかもしれないだろ」

2. イイズナくんとたまに、恋《こい》バナ

「……まあ、それもそうだよね」

大丈夫《だいじょうぶ》だと思うけど。

千秋《ちあき》ちゃんの気持ちに気づいていないなら、尻込《しりご》みしてしまう気持ちもわからないではない。それに、ふたりが付き合いだしたら、今みたいに三人で遊ぶことが減《へ》ってしまうかも。恋人《こいびと》同士のふたりとわたしが今までどおり一緒《いっしょ》にいるのは気が引ける。もしかしたら居心地《いごこち》が悪いと感じるかもしれない。

でも。

「迷《まよ》ったときは、勇気がいるほうを選ぶんだよ」

おじいちゃんの言葉を口にしながらすっくと立ち上がった。

真佐《まさ》くんは「なるほど」と言いながらも決心がついていないようで、「でもなあ」と言葉を続ける。

「今日告白しよう。真佐《まさ》くんなら大丈夫《だいじょうぶ》」

親指を立てて真佐《まさ》くんを見下ろした。そして「じゃあね！」とドアに向かう。

「え、今日？　お、おい、西島《にしじま》？　どこ行くんだよ」

「わたし先に帰るから、ふたりで帰って」

いつもわたしがそばにいるから、そういうムードにならないのだろう。

ふたりきりになれば進展《しんてん》するかも。

「ふたりっきりにしてあげるから、ちゃんと気持ちを伝えなよ。帰り道でも、千秋《ちあき》ちゃんの家でも」

「いや、いやいや無理だって！　西島《にしじま》がいないのに北見《きたみ》の家にオレひとりで行けるわけないじゃん」

それもそうか。

「でも家まで送ってあげたら、十五分くらいは一緒《いっしょ》に歩けるでしょ」

わたしと真佐《まさ》くんの帰り道の途中《とちゅう》に、千秋《ちあき》ちゃんの家がある。遠回りになるわけではないので、一緒《いっしょ》に帰るのは問題ないはずだ。

「急に言われても。オレにも心の準備《じゅんび》ってものが」

「千秋《ちあき》ちゃんにはちょっと用事ができたからとか適当《てきとう》に言っておいて。よろしくねー。ちゃんと千秋《ちあき》ちゃんと帰るんだよ！」

「西島《にしじま》ぁ」

情《なさ》けない声でわたしを引き止める真佐《まさ》くんに、笑顔《えがお》で手を振《ふ》った。

2. イイズナくんとたまに、恋《こい》バナ

余計《よけい》なおせっかいかもしれないけれど、真佐《まさ》くんが告白さえすれば、ふたりはきっと、うまくいく。

どうか、ふたりが幸せになりますように。

そう願いながら廊下《ろうか》を進み、靴箱《くつばこ》でスニーカーに履《は》き替《か》える。と、そこに飯綱《いいづな》くんがやってきた。目が合うと、飯綱《いいづな》くんは気まずそうに目をそらす。

「飯綱《いいづな》くん、どうしたの？　すぐに教室出ていったから、もう帰ったのかと思った」

「別に。飯《めし》食ってただけ」

「あ、そっか。放課後も食べるんだっけ」

「まあな」

そっけない返事しかしてくれない。

なんだかいつもと様子が違《ちが》う。けれど、機嫌《きげん》が悪いというわけでもなさそうだ。

もしかして、なにかを隠《かく》しているのかも。

「……ご飯《はん》食べながら先輩《せんぱい》待ってたの？」

「ち！　ちげえ！」

あ、図星だった。

待っていたけれど、やっぱり先輩《せんぱい》はまだ時間がかかりそうだと思って渋々《しぶしぶ》ひとりで帰ることにしたのだろう。そんなことをしていたことを知られたくなくて、わたしと目を合わせなかったようだ。

「じゃあ、わたしと一緒《いっしょ》に帰ろ」

傘立《かさた》てから傘《かさ》を取り出して飯綱《いいづな》くんの隣《となり》に並《なら》ぶ。飯綱《いいづな》くんは不思議そうな顔をしてわたしを見た。

「どうかした？」

「校門まで」

「いや。っていうか一緒《いっしょ》にって、校門出たら別方向だろ」

仕方ねえな、とつぶやいた飯綱《いいづな》くんの口元は、すこし緩《ゆる》んでいた。

傘《かさ》を広げて、中から見上げる。

「そういえば、飯綱《いいづな》くんの力って、どの程度《ていど》のものまで視《み》えるものなの？」

「さあ？　おれはおれの視《み》えるものしか知らねえから。ただ、誰《だれ》かと強い縁《えん》でつながっていたら、それが多ければ多いほど、イイズナの力は強くなるんだってよ。だから、おれは、すげえ弱いんじゃねえかな」

2. イイズナくんとたまに、恋《こい》バナ

「そうなんだ」

「まあ、おれは力なんかいらねえけど……」

けど。

そのあとに続く言葉を、飯綱《いいづな》くんは口にしなかった。

わたしも、聞かなかった。

校門までの道のりは、本当にあっという間で、飯綱《いいづな》くんは「じゃあな」とだけ言って背《せ》を向けて去ってしまった。

まるで、ぽつんと置いていかれたみたいな気持ちになる。

「べつにひとりで帰ることなんて、はじめてでもないのにな」

このさびしさの原因《げんいん》はひとりきりだから、というだけじゃないことはわかっている。けれど、それに気づかないふりをして背筋《せすじ》を伸《の》ばした。

◇

結局あの日、真佐《まさ》くんは千秋《ちあき》ちゃんと一緒《いっしょ》に帰ったけれど、ふたりの関係性《かんけいせい》にはなんの変化もなかった。真佐《まさ》くんいわく、「告白はできなかった」らしい。

あれから一週間ちょっと。

「次こそは！」とはじめは告白を渋《しぶ》っていた真佐《まさ》くんに頼《たの》まれて、次の日の木曜日もわたしはひとりで先に帰った。そして一昨日の水曜日も。

四時間目が終わり窓《まど》の外を見やると、朝はいい天気だったのに、お昼前から雨が降《ふ》りはじめた。最近はスッキリしない天気が多い。

千秋《ちあき》ちゃんと真佐《まさ》くんが一緒《いっしょ》に帰るのは雨の日限定《げんてい》だ。その日は確実《かくじつ》に千秋《ちあき》ちゃんが部活に出ないから。と、いうことは、今日も真佐《まさ》くんの協力をしなければいけない。

……真佐《まさ》くんの〝次〟はいったいいつなのだろう。

やる気はあるみたいだけど、これ以上約束を破《やぶ》って先に帰ったら、さすがに千秋《ちあき》ちゃんに怪《あや》しまれてしまう。一応《いちおう》、毎回千秋《ちあき》ちゃんにごめんね、という旨《むね》のメッセージを帰宅後《きたくご》に送ってはいるけれど。

2. イイズナくんとたまに、恋《こい》バナ

もうそろそろ限界《げんかい》だよねえ。わたしもさすがに罪悪感《ざいあくかん》で胸《むね》が痛《いた》い。

今日は千秋《ちあき》ちゃんとお昼ご飯《はん》を食べる約束をしているので、カバンからお弁当箱《べんとうばこ》を取り出して待っていると、千秋《ちあき》ちゃんが真剣《しんけん》な表情《ひょうじょう》で近づいてきた。

「最近、なんかおかしい」

千秋《ちあき》ちゃんは、腕《うで》を組んで考《かんが》え込《こ》んでいる。

「どうしたの」

「前にさ、傘《かさ》がなくなったって話したじゃん」

わたしの隣《となり》の席に腰《こし》を下ろして、お弁当《べんとう》を広げながら千秋《ちあき》ちゃんが言った。

真佐《まさ》くんに告白させるためにわたしがはじめて先に帰った先週の水曜日。あの雨の日、千秋《ちあき》ちゃんの傘《かさ》が傘立《かさた》てからなくなっていたらしい。必死に探《さが》したけれど見当たらず、真佐《まさ》くんと相合《あいあ》い傘《がさ》をして帰ったとか。

「でも、見つかったんでしょ」

「そう、次の日、登校したら傘立《かさた》てにあったんだよ」

わたしとおそろいの傘《かさ》だったので、なくした日の夜、メールで何度も謝《あやま》られた。

けれど結局、学校に着くなり「傘立《かさた》てにあったのを見つけた！」と千秋《ちあき》ちゃんが教

室に駆《か》け込《こ》んできて報告《ほうこく》してくれた。

「これが、五回目なのよ」

「たしかに気になるけど、毎回無事に見つかっているんなら、あんまり気にしなくてもいいんじゃない？」

「でも、雨の日に使えない傘《かさ》とか困《こま》るじゃん」

「最近真佐《まさ》くんと一緒《いっしょ》に帰ってるんだから、濡《ぬ》れることはないでしょ？　相合《あいあ》い傘《がさ》してるって言ってたじゃん」

にひひ、と歯を見せて笑うと、千秋《ちあき》ちゃんは「まあ、そうだけど」と目を伏《ふ》せてご飯《はん》を口に運ぶ。好きな人と一緒《いっしょ》に帰れるうえに相合《あいあ》い傘《がさ》。どうしてうれしそうじゃないんだろう。

「やっぱり気になるじゃん。雨の日だけならまだしも、晴れの日もないんだよ。そのくせ、朝から雨が降《ふ》ってる日は放課後までちゃんとあるしさあ」

そう言って、千秋《ちあき》ちゃんはわかりやすいようにと、わたしのノートに書いて説明してくれた。

先週の水曜日、帰ろうとしたら傘《かさ》がなくなっていた。

2. イイズナくんとたまに、恋《こい》バナ

そして木曜日、朝学校に来たら傘《かさ》を見つけたけれど、また帰りにはなくなっていたらしい。その日は天気予報《よほう》では晴れだったにもかかわらず、下校のタイミングでゲリラ豪雨《ごうう》がやってきたのだ。

金曜日も傘《かさ》は見つかった。でも、放課後まで一滴《てき》も雨が降《ふ》ることはなかったのに、部活が終わってなんとなく傘立《かさた》てを確認《かくにん》すると、傘《かさ》は見当たらなかったらしい。

ただ、週の明けた月曜日と火曜日は、なんの問題もなかったようだ。傘《かさ》は見つかったし、放課後もちゃんと傘立《かさた》てにあったという。

月曜日は晴れていたので傘《かさ》を置いて帰り、火曜日は帰りに小雨《こさめ》が降《ふ》っていたので持って帰った。

「もう気にしないでいいのかなーって思ったんだよね」

千秋《ちあき》ちゃんは悔《くや》しそうに言った。

二日間なにもなかったからもう大丈夫《だいじょうぶ》だろう、と昨日は朝から雨だったのでお気に入りの傘《かさ》を持って家を出た。が、また、なくなったのだ。

そして、今回に限《かぎ》っては、今朝《けさ》も傘《かさ》は戻《もど》ってきていない。

「……こんなことなら家に置いとくなり、教室まで持って入ればよかった！」

千秋《ちあき》ちゃんは落《お》ち込《こ》んだ様子でうなだれた。

……これは、さすがにマズイ。

「誰《だれ》が、なんのためにこんなことするんだろう……」

ただ、千秋《ちあき》ちゃんの困《こま》った顔が〝傘《かさ》がない〟ことだけが原因《げんいん》ではないように思えた。じっと見つめていると、目が合った千秋《ちあき》ちゃんは「どうしたの」と首をかしげながらもわたしから目をそらす。

うーん。どうしたらいいかなあ。困《こま》ったなあ。

考えながらお弁当《べんとう》に視線《しせん》を落とすと、そこには飯綱《いいづな》くんに教えてもらったごま油を混《ま》ぜたおにぎりがあった。今日、はじめて自分でも作ってみたのだ。

「あ、ねえねえ、お昼食べたらちょっと行きたいところがあるんだけど！」

ハッとひらめいて提案《ていあん》すると、千秋《ちあき》ちゃんは「いいよ」と返事をしてくれた。


急いでご飯《はん》を食べてから、千秋《ちあき》ちゃんとやってきたのは東校舎《こうしゃ》の一室。

つまり、飯綱《いいづな》くんと式部《しきべ》先輩《せんぱい》がお昼を過《す》ごす場所だ。

2. イイズナくんとたまに、恋《こい》バナ

「なんなんだお前は！」

　こんにちはー、と笑顔《えがお》でドアを開けると、ふたりが振《ふ》り返《かえ》る。いつもなら「また来たのか」と飯綱《いいづな》くんはそっぽを向いて、「いらっしゃい」と式部先輩《しきべせんぱい》がこたえてくれる。けれど、ひとりじゃないわたしに気づいた飯綱《いいづな》くんは、千秋《ちあき》ちゃんを見るなりご飯《はん》を食べながら叫《さけ》んだ。

「ちょ、春日《かすが》、どういうこと？」

「あ、大丈夫《だいじょうぶ》大丈夫《だいじょうぶ》、飯綱《いいづな》くんは怒《おこ》ってるわけじゃないから」

「怒《おこ》ってるっつの！」

「猛《たける》はびっくりしてパニックになってるだけだから」

　わたしと式部先輩《しきべせんぱい》がフォローをしたけれど、飯綱《いいづな》くんは納得《なっとく》できないらしく「なんでだよ！」とツッコミを入れた。

「ちょっと飯綱《いいづな》くんに相談があって」

　千秋《ちあき》ちゃんの手を取り、中に入って椅子《いす》に座《すわ》る。

　相談、という単語に反応《はんのう》したのか、飯綱《いいづな》くんの表情《ひょうじょう》が少し緩《ゆる》んだ。なんだよ、と言ってちょっと胸《むね》を張《は》り、食事を中断《ちゅうだん》する。

「千秋《ちあき》ちゃんの傘《かさ》がね、なくなるんだって」

飯綱《いいづな》くんが不思議そうな顔をしてわたしを見た。

「放課後になると傘《かさ》が見つからないけど、次の日にはちゃんと傘立《かさた》てに立てられてるんだって」

そう言って、さっき千秋《ちあき》ちゃんがノートに書いてくれたものを見せる。

「盗《ぬす》んだあとにちゃんと返してくれてるってこと？」と先輩《せんぱい》。

「傘《かさ》持ってくんの忘《わす》れたやつだろ、ただの」と飯綱《いいづな》くん。

「でも、晴れてる日もなんだよ」とわたしが答える。

「北見《きたみ》の傘《かさ》を、誰《だれ》が、なんのために持ち去っているのか――か」

食事を再開《さいかい》して口を動かしながら飯綱《いいづな》くんがつぶやくと、千秋《ちあき》ちゃんは「え」と声をあげた。みんなの視線《しせん》が千秋《ちあき》ちゃんに集中する。

「なんだよ」

「あ、いや。飯綱《いいづな》があたしの名前知ってるとは思わなくて」

「は？　小学校一緒《いっしょ》だったし、今同じクラスだろ」

「猛《たける》は失礼がないように、クラスメイトの名前と顔は完璧《かんぺき》に覚えてるんだよ」

2. イイズナくんとたまに、恋《こい》バナ

式部先輩《しきべせんぱい》の説明に、今度はわたしが「え」と声を出してしまった。

「式部《しきべ》！　おれはそんなこと考えてねえ！　覚えてなかったら話しかけられたときとか、万が一、話しかけなきゃいけなくなったときに不便だろうが！」

さすが飯綱《いいづな》くん。

きっと始業式の翌日《よくじつ》には、クラス全員の名前を覚えていたに違《ちが》いない。

愛《いと》おしすぎて震《ふる》えていると、千秋《ちあき》ちゃんが「飯綱《いいづな》そんなキャラなの？」とまじまじと彼《かれ》を見る。そして「思ってたのと違《ちが》うんだけど」「なんなの、ギャップすごすぎるじゃん」「どういうこと」と詰《つ》め寄《よ》っていく。

さすが千秋《ちあき》ちゃん。

千秋《ちあき》ちゃんは、一度話せると思ってしまえばぐいぐい絡《から》んでいくタイプだ。

ただ、飯綱《いいづな》くんはそんな千秋《ちあき》ちゃんにどう対応《たいおう》していいのかわからず、ギクシャクした動きで狼狽《うろた》えている。

「でも、飯綱《いいづな》が見つけられるの？　どうやって？」

「見つけるっていうか、協力者は多いほうがいいかなって」

その説明で、式部先輩《しきべせんぱい》には、わたしが千秋《ちあき》ちゃんに飯綱《いいづな》くんの秘密《ひみつ》をしゃべって

いないことが伝わったらしく「なるほど」とうなずく。飯綱《いいづな》くんは式部《しきべ》先輩《せんぱい》から耳打ちで教えてもらったらしく、ほっと胸《むね》を撫《な》でおろした。

「そんなこと言われても、どう探《さが》せばいいんだよ」

「まあ、やるだけやってあげたら？　猛《たける》でも役に立てることもあるかもしれないし」

でも、って。

相変わらず辛辣《しんらつ》な先輩《せんぱい》だけれど、飯綱《いいづな》くんは「なんでだよ」とその発言に反応《はんのう》を示《しめ》さない。慣《な》れているのか、はたまた、先輩《せんぱい》の言うとおりだと思っているのか。後者だったら聞いてるわたしがつらい……。

式部《しきべ》先輩《せんぱい》も飯綱《いいづな》くんのことをめちゃくちゃかわいいと思っているからこその言動なのだろうけれど。先輩《せんぱい》も素直《すなお》じゃないなあ。

「それに猛《たける》、暇《ひま》じゃん」

「暇《ひま》じゃねえ。毎日忙《いそが》しい」

「僕《ぼく》と一緒《いっしょ》に帰れないかなーって毎日ここで時間つぶしてるくせに」

「してねえ！　たまただ！」

飯綱《いいづな》くん、あれからも毎日この部屋で先輩《せんぱい》を待ってたんだ。

先輩《せんぱい》はカマをかけただけだったらしく「やっぱり！」と飯綱《いいづな》くんを見て笑った。

「せっかくだし、いいんじゃないか？　猛《たける》」

ひとしきり笑ったあと、先輩《せんぱい》はやさしい声色《こわいろ》で飯綱《いいづな》くんに微笑《ほほえ》む。

そして、飯綱《いいづな》くんは舌打《したう》ちをしながらわたしを見た。顔の前で両手を合わせて「お願い！」と頼《たの》むと、ため息をひとつついてから「わーったよ！」と食べかけのご飯《はん》を一気に口の中に運び、立ち上がる。

「どうした、猛《たける》。なんか思い当たることでもあんの？」

「知らねえけど、聞いてみようかと思うやつはいる」

飯綱《いいづな》くんは、「ムダだと思うけど」と言葉をつけ足してわたしを見た。呆《あき》れているのか、怒《おこ》っているのか、困《こま》っているのか、よくわからない。でも、やさしさだけは、十分すぎるほど伝わってくる。

ありがとう、と心の中でつぶやいてから、教室を出ていく飯綱《いいづな》くんをみんなで追いかけた。

いったいどこに行くのだろう。

飯綱《いいづな》くんは、渡《わた》り廊下《ろうか》を進んで階段《かいだん》を降《お》りていく。四階から三階、そして二階。

そして、そこにいたのは見覚えのある三人組。

「あ」

「なんだよお前ら」

わたしたちの姿《すがた》を見て、赤茶髪《あかちゃがみ》の先輩《せんぱい》が顔をしかめた。わたしの栞《しおり》をフリマアプリで売ろうとしたミッチー先輩《せんぱい》だ。

「ミッチー先輩《せんぱい》、こんちわ」

「馴《な》れ馴《な》れしくミッチーって呼《よ》ぶんじゃねえよ。ってかなんで俺《おれ》の名前知ってんだ」

「ミッチー先輩《せんぱい》、傘《かさ》パクったりしてないっすか？」

飯綱《いいづな》くんはミッチー先輩《せんぱい》の言葉を無視《むし》して話を進める。

「話聞けよ。しかも傘《かさ》？　なんだそれ」

首をかしげるミッチー先輩《せんぱい》を見て、そばにいたふたりの先輩《せんぱい》がげらげらと笑いはじめた。「ミッチーまたなんか拾ったのか」「めっちゃ後輩《こうはい》に慕《した》われてんじゃん」とバカにしているけれど、三人は仲が良さそうだ。

「この一週間ほど、こいつの傘《かさ》がよくなくなるらしいんだけど」

「知るか！」

2. イイズナくんとたまに、恋《こい》バナ

「だよなあ」

じゃ、と背《せ》を向けて歩き出そうとする飯綱《いいづな》くんを「飯綱《いいづな》！」とミッチー先輩《せんぱい》が引き止めた。不良っぽい先輩《せんぱい》だ。さすがにこれはやばいのでは。

「謝罪《しゃざい》くらいしろよ。濡《ぬ》れ衣着《ぎぬ》せられそうになったんだけど、俺《おれ》」

「ああ、悪い」

「なんであっさり謝《あやま》るんだよ」

「え？　なんで？」

「なんでって俺《おれ》が聞いてるんだよ！　なにしに来たんだお前！」

ふたりの掛《か》け合《あ》いに、ミッチー先輩《せんぱい》の友だちふたりはお腹《なか》を抱《かか》えて笑っている。

思ったよりも気が合いそうな飯綱《いいづな》くんとミッチー先輩《せんぱい》にほっとした。ケンカ口調ではあるけれど、楽しそうだ。

「っていうか飯綱《いいづな》くんって、年上の人には結構普通《けっこうふつう》に話しますね」

「たぶんお兄さんとかお姉さんがいるからかな？　同い年だと友だちになれるか意《い》識《しき》しすぎるみたい。あはは、意味わかんないよね」

式部先輩《しきべせんぱい》は、ずっとにこにこしながら飯綱《いいづな》くんを観察している。千秋《ちあき》ちゃんは、

大丈夫《だいじょうぶ》なのかと不安でいっぱいそうな顔をして飯綱《いいづな》くんとミッチー先輩《せんぱい》のやりとりを見つめていた。

昼休みだけで傘《かさ》の問題が解決《かいけつ》するはずもなく、ミッチー先輩《せんぱい》と別れてからわたしたちは教室に戻《もど》った。

明日には解決《かいけつ》すると思うよ、と言ってみたけれど、千秋《ちあき》ちゃんはあんまり期待していないようだった。

放課後、先生が教室をあとにするとすぐにカバンを手にして「じゃあごめんね千《ち》秋《あき》ちゃん」と手を振《ふ》る。

今日もわたしは真佐《まさ》くんのために、ウソをついて先に帰る。千秋《ちあき》ちゃんはわたしがウソをついているなんて思いもしないのか、「またね」と笑顔《えがお》を見せてくれた。あ、胸《むね》が痛《いた》む。

バイバイ、とクラスメイトに挨拶《あいさつ》しながら、ドア近くの席に座《すわ》る真佐《まさ》くんに近づいた。耳元に唇《くちびる》を寄《よ》せて「今日が最後だよ」とささやく。

「協力できるのは今日までだから」

「え？　まじで？」

「いつまでもウソつけないよ。今日告白しないなら、また別の方法で頑張《がんば》って」

はっきりと断《ことわ》ったからか、真佐《まさ》くんの表情《ひょうじょう》が少し引《ひ》き締《し》まった。

ずっとわたしが協力してくれる、と思っていたから、あと一歩を踏《ふ》み出《だ》せなかったのだろう。大丈夫《だいじょうぶ》、と伝えるために背中《せなか》をやさしく叩《たた》いてエールを送る。

きっと、今日でなにもかもうまくいくはずだ。

軽い足取りで靴箱《くつばこ》に向かい、いつものようにスニーカーに履《は》き替《か》えてから傘《かさ》を手に取った。いつものわたしたちが使う傘立《かさた》てからではなく、三年生が利用する場所から。

——そのとき。

はっと視線《しせん》を感じて振《ふ》り返《かえ》る。授業《じゅぎょう》が終わってすぐに教室を出てきたので、まだ靴箱《くつばこ》には人影《ひとかげ》がほとんどない。

けれど。

「飯綱《いいづな》くん、いるんでしょ？」

呼《よ》びかけると、しばらくしてから飯綱《いいづな》くんがひょっこりと顔を出した。そして、ゆっくりとわたしに近づいてくる。

「よくわかったな」

「たぶん、飯綱《いいづな》くんは気づいてるんじゃないかなって。だから確《たし》かめにくるんじゃないかなって思ってたんだよね」

ゆっくりとわたしの隣《となり》に並《なら》んだ飯綱《いいづな》くんの視線《しせん》は、じっとわたしの手元に向けられている。わたしの、傘《かさ》を握《にぎ》る手。

「その、傘《かさ》のことなんだけど」

「やっぱり飯綱《いいづな》くんには視《み》えるんだね」

「なんとなく、だけどな」

この前ここで会ったときも不思議そうな顔をしていた。そのとき、すでになにかを感じていたのだと思う。

「そう。これは千秋《ちあき》ちゃんの傘《かさ》」

2. イイズナくんとたまに、恋《こい》バナ

わたしの傘《かさ》は折《お》り畳《たた》み傘《がさ》で、それはカバンの中に入っている。傘立《かさた》てから取ったこれは、千秋《ちあき》ちゃんのものだ。つまり、千秋《ちあき》ちゃんが探《さが》している犯人《はんにん》は、わたしだ。

今日の昼休み、千秋《ちあき》ちゃんにも飯綱《いいづな》くんのことを知ってもらえるチャンスだと思って、無茶《むちゃ》なお願いをした。飯綱《いいづな》くんはすべてをわかっていたにもかかわらず、黙《だま》って受け入れてくれた。

しかも、飯綱《いいづな》くんはミッチー先輩《せんぱい》に疑《うたが》いの目を向けることで、千秋《ちあき》ちゃんに『協力する』というアピールをしてくれた。……ミッチー先輩《せんぱい》には悪いことをしてしまったけれど。

「なんか、事情《じじょう》があるんだろ。聞いてやるよ。気になるし」

「ありがとう」

そう言って、ふたり並《なら》んで雨の中に入っていく。わたしは自分の折《お》り畳《たた》み傘《がさ》を開いて、飯綱《いいづな》くんは自分の水色の傘《かさ》を広げて。

傘《かさ》にパチパチと雨が当たる音が聞こえてくる。

「飯綱《いいづな》くんって、縁《えん》が視《み》えるんだよね？　その、赤い糸みたいなのも視《み》えるの？」

「そんなメルヘンチックなもんは視《み》えねえよ」

そうなんだ、と思っていると「でも」と飯綱《いいづな》くんが言葉を続けた。

「縁《えん》ってのは、想《おも》いだから、誰《だれ》が誰《だれ》を好きかってのは、わからないでもない。でも、それが運命の赤い糸ってわけじゃねえ」

「時間が長ければ長いほど、結びつきが強くなる、みたいなことはないの？」

「ない。多少比例《ひれい》するけど、絶対《ぜったい》じゃない。あんたと栞《しおり》みたいに、時間によって深くつながるときもある。モノとのつながりは、人と人ほど簡単《かんたん》じゃねえからな」

人の想《おも》いがモノに伝染《でんせん》するとか、込《こ》められるとか、そういう感じだと思うけど、と飯綱《いいづな》くんは説明をつけ加えてくれた。

ところどころ言葉を選ぶように「うーん」とか「えーっと」とか言う姿《すがた》を見ていると、縁《えん》ってきっと、説明しにくいものなんだろうな、とわかる。

「出会った瞬間《しゅんかん》つながるものもある。それに、どれだけ長いあいだ縁《えん》があっても、切れるときは切れる。手放せばそこで終わる」

「不思議だね、縁《えん》って」

「まあな。おれにも全部わかってるわけじゃねえし。――おれが今わかるのは」

そう言って、飯綱《いいづな》くんはわたしの傘《かさ》をさした。そして、手にしたままさされていない千秋《ちあき》ちゃんの傘《かさ》も。

「そのふたつが、つながってるってことだ」

千秋《ちあき》ちゃんとおそろいで買った傘《かさ》。それがつながっているということは、わたしたちは友情《ゆうじょう》で結ばれている、ということだ。モノとモノのつながり。わたしはそれを、うれしく思う。

「千秋《ちあき》ちゃん、すごくいい子なんだよね」

「ふうん」

「中学に入って、一番に仲良くなった友だちなの」

入学初日、同じクラスに同じ小学校出身の子はいたけれど、みんな知らない子ばかりでわたしは少し緊張《きんちょう》していた。そんなわたしに笑顔《えがお》で話しかけてきてくれたのが千秋《ちあき》ちゃんだ。

今まで友だちがいなかったわけじゃない。

自分から知らない子に話しかけることもできる。

ただ。

――『春日《かすが》ちゃんってマイペースだよね』

そう言われることが多かった。だからといって、いじめられたりなんてことはなかったし、それを気にしているつもりもなかった。

――『春日《かすが》ってほわーっとしてるのに芯《しん》があるよね』

――『あたし強引《ごういん》なところがあるから、春日《かすが》も気を遣《つか》わないでね』

千秋《ちあき》ちゃんにそう言われたとき、わたしは、彼女《かのじょ》と仲良くなりたいと思った。

特別な出来事があったわけじゃない。それでも、わたしにとって千秋《ちあき》ちゃんは特別な友だちだ。千秋《ちあき》ちゃんにとってのわたしも、そうなんじゃないかと感じる。それが、よりいっそう千秋《ちあき》ちゃんと過《す》ごす時間を輝《かがや》かせる。

「千秋《ちあき》ちゃんの恋《こい》を、応援《おうえん》したいなって思って」

「真佐《まさ》か」

「つながってるでしょ？　ふたり」

飯綱《いいづな》くんから真佐《まさ》くんの名前が出たということは、千秋《ちあき》ちゃんはやっぱり真佐《まさ》くんが好きなんだ。そして真佐《まさ》くんは千秋《ちあき》ちゃんが好き。やっぱり両想《りょうおも》いじゃん！

っていうか、飯綱《いいづな》くんは本当にクラスメイトの名前、全部覚えているんだなあ。

2. イイズナくんとたまに、恋《こい》バナ

クラスメイトどころか同学年の生徒みんなを把握《はあく》しているかもしれない。

「まあ、そう、かな」

「えー、歯切れ悪いなあ」

「だからって、その傘《かさ》を盗《ぬす》む理由がわかんねーんだけど！」

「相合《あいあ》い傘《がさ》でふたりの距離《きょり》が近づくかなーって。真佐《まさ》くんが告白するつもりだから、そういうシチュエーションのほうが言いやすそうじゃない？　晴れの日にもなくなってたのは、そのほうがわたしってばれないかなあって思っただけ」

今日はいつもの場所に戻《もど》さなかったのも、同じ理由だ。

飯綱《いいづな》くんはまったく理解《りかい》ができないらしく、眉根《まゆね》を寄《よ》せて首をかしげた。

「告白するまでやり続けんのかよ」

「これ以上千秋《ちあき》ちゃんを傷《きず》つけるようなことはしたくないから、今日でやめるつもり。真佐《まさ》くんにも今日で最後だよって伝えてるんだけど……うまくいくかなあ」

ちゃんと告白してくれると信じているけれど。

だからこそ。

「あ！　飯綱《いいづな》くん、ふたりが来るかもしれないから隠《かく》れなきゃ」

ハッとして背後《はいご》を振《ふ》り返《かえ》り、飯綱《いいづな》くんを正門近くにある植木に連れていく。そして素早《すばや》く傘《かさ》を閉《と》じると、体を縮こませて木の陰《かげ》から靴箱《くつばこ》を見つめた。幸いにも大きな木が雨をしのいでくれている。

「もしかして、お前……あいつらが来るのを待つつもりか？」

「見守るしかないでしょ。だって、今日を逃《のが》したらいつになるか！」

「おせっかいがすぎるだろ。おれは無理！　そんな人の告白を盗《ぬす》み見《み》るとか、失礼すぎる！　それに、おれなんかに見られたら運気が下がる！」

飯綱《いいづな》くんらしい。

そして飯綱《いいづな》くんの言っていることは正しい。いや、最後のは別として。

それでも、ふたりがすれ違《ちが》うかもしれないことに気づいていながら無視《むし》するなんてできない。ふたりきりになれるチャンスも、わたしがふたりのためにできることも、これが最後だと自分で決めたのだから、なおさらだ。

唇《くちびる》に歯を立てて、拳《こぶし》を作る。じっと待っていると、どんどん緊張《きんちょう》してくる。

飯綱《いいづな》くんはふうっと息を吐《は》き出《だ》して、わたしの隣《となり》にしゃがんでくれた。そして、カバンの中からお弁当《べんとう》を取り出した。お前も食っとけ、と言わんばかりに差し出さ

2. イイズナくんとたまに、恋《こい》バナ

れたおにぎりを受け取って口に運ぶと、いい意味で気が抜《ぬ》けていく。

十五分か二十分ほど経《た》ち、しゃがんでいるのもそろそろ限界《げんかい》かもしれない、と思いはじめたころに昇降口《しょうこうぐち》から出てくるふたつの人影《ひとかげ》に気がついた。

「……来た！」

ばしばしと飯綱《いいづな》くんの肩《かた》を叩《たた》く。

わたしの狙《ねら》いどおり、ふたりはひとつの傘《かさ》の中にいる。当然距離《きょり》はいつもよりも近い。心なしか、ふたりとも頬《ほお》が赤いような気がする。

でも、まだ告白っていう雰囲気《ふんいき》ではないなあ。

学校だし、まだ告白には早いか。校門を出てから、千秋《ちあき》ちゃんの家までが勝負だろう。頑張《がんば》れ真佐《まさ》くん。

ふたりが正門を通《とお》り過《す》ぎてから、飯綱《いいづな》くんと目配せをしてあとをつけた。念《ねん》のため、自分の傘《かさ》は使わず飯綱《いいづな》くんの傘《かさ》に入る。隣《となり》から、ぶつぶつと「なんでおれまで」とぼやいているのが聞こえてくるが、気にしないことにする。

千秋《ちあき》ちゃんたちと一定の距離《きょり》をあけて、こそこそと様子を探《さぐ》った。

ふたりは楽しげに話をしている。見るからにいい感じだけれど、告白モードではないらしい。このままじゃ千秋《ちあき》ちゃんの家に着いてしまう！

ただ、今日の真佐《まさ》くんは本気のようだ。

途中《とちゅう》にあるコンビニに立《た》ち寄《よ》ろうと言っているらしく、指をさしてふたり並《なら》んで中に入っていく。出てきたふたりの手にはレジ袋《ぶくろ》がひとつ。雨をしのげる壁際《かべぎわ》に背《せ》を預《あず》けて、ふたりはアイスクリームの袋《ふくろ》を取り出した。

いい感じ！

これは誰《だれ》が見てもいい感じだ！

雨も勢《いきお》いがおさまり、次第《しだい》に霧雨《きりさめ》になった。ふたりの告白シーンにピッタリに思えてくる。演出《えんしゅつ》みたい。

ふたりは話に夢中《むちゅう》になっているので、もう少し近づいても大丈夫《だいじょうぶ》だろうと距離《きょり》を詰《つ》めた。駐車場《ちゅうしゃじょう》にとめられている車の陰《かげ》に隠《かく》れて耳をすます。

そろそろか。もうそろそろだろう。

そう思うこと二十分。

「……まだなの……！」

ふたりはいつもどおり楽しくおしゃべりをしているだけ。

2. イイズナくんとたまに、恋《こい》バナ

じれったくて体がそわそわと動いてしまう。

もう、真佐《まさ》くん！　早く言わないと！

――いや、違《ちが》う。

真佐《まさ》くんの表情《ひょうじょう》を見ていると、何度か話を切り出そうとしているのがわかった。

けれど、千秋《ちあき》ちゃんがそれを避《さ》けるように、別の話題で会話を盛《も》り上《あ》げている。

もしかすると、今までもずっとそんなふうにかわされていたのかもしれない。

今ここでわたしが登場するわけにもいかないし、告白を目の前で強要するのはさすがにおせっかいがすぎる。

ううーん、と頭を悩《なや》ませていると、

「あー、もう無理！」

と言って、飯綱《いいづな》くんがコンビニの中に入っていった。入り口はふたりからも見える場所だけれど、コンビニに駆《か》け込《こ》む飯綱《いいづな》くんの姿《すがた》には気づかなかったようだ。

もしかして、お腹空《なかす》いたのかな。

結構《けっこう》長い時間付き合ってもらっている。もしもイイズナになってしまったら、責《せき》任《にん》を持って彼《かれ》の制服《せいふく》や荷物を家まで届《とど》けよう。

今は、真佐《まさ》くんの告白がうまくいくかどうかを見届《みとど》けたい。

わたしはただ、ふたりにうまくいってほしい。

時間が経《た》てば経《た》つほど、不安が押《お》し寄《よ》せてくる。これ以上その気持ちが大きくならないように服を握《にぎ》りしめながらふたりを見つめる。と、誰《だれ》もいないのにコンビニの自動ドアが開いた。

そして。

「っわ！」

真佐《まさ》くんがなにかにどんっと押《お》されたようにバランスを崩《くず》し、千秋《ちあき》ちゃんに抱《だ》きつくような格好《かっこう》になる。

「ど、どうしたの、真佐《まさ》くん！」

「いや、なんか誰《だれ》かに……」

あたりを見渡《みわた》すけれど、誰《だれ》の姿《すがた》もない。

もしかして、イイズナくん？

そういえば、彼《かれ》は姿《すがた》を消すこともできる。待ちきれなくて、強引《ごういん》にふたりをくっつけようとしたのだろうか。

2. イイズナくんとたまに、恋《こい》バナ

その効果《こうか》はあったらしく、真佐《まさ》くんが千秋《ちあき》ちゃんの肩《かた》に触《ふ》れていた手に力を込《こ》めたように見えた。しばらく俯《うつむ》いたまま動かない真佐《まさ》くんに、千秋《ちあき》ちゃんが「どうしたのよ」と呼《よ》びかける。

これは……とうとう！

いけ！　と心の中で叫《さけ》びながら手に力を込《こ》める。

「オレ、北見《きたみ》のこと、好きなんだ」

言ったああ！　真佐《まさ》くんやった！　すごい！

口元を手で覆《おお》う。じゃなければ叫《さけ》び出《だ》していたかもしれない。

あとは千秋《ちあき》ちゃんの返事だけだ。

千秋《ちあき》ちゃんは驚《おどろ》いた顔をしている。口を開けたまましばらく真佐《まさ》くんを見つめていたけれど、ゆっくりと口元を緩《ゆる》めて頬《ほお》を林檎色《りんごいろ》に染《そ》めていく。

なのに、その表情《ひょうじょう》が一瞬《いっしゅん》にして悲しそうなものになった。それを隠《かく》すように千秋《ちあき》ちゃんはさっと俯《うつむ》く。

「まだ、出会って二ヶ月なのに？」

「そんなの関係ないだろ」

そうだそうだ！

「北見《きたみ》は……オレのことどう思ってる？」

一度告白したら攻める真佐《まさ》くんに、エールを送り続ける。

千秋《ちあき》ちゃんは素直《すなお》に口にすればいい。両想《りょうおも》いだということを、今、一番理解《りかい》しているのは千秋《ちあき》ちゃんだ。

けれど、千秋《ちあき》ちゃんはなにも言わず、じっと地面を見つめている。

素直《すなお》になって、千秋《ちあき》ちゃん。

なにも、気にしなくていいから。

「うれしい、けど、ご――」

だめ！

「千秋《ちあき》ちゃん！」

気がついたときには、ふたりの前に飛び出していた。

「え？　か、春日《かすが》？　な、なんで？」

「あ、あーうん、ちょっと、ね」

あはははは、と笑いながらふたりに近づいて、千秋《ちあき》ちゃんの手を取った。

「真佐《まさ》くん、ちょっと女の子同士の秘密《ひみつ》のお話があるから、そこで待ってて」

「お、おう」

「え？　春日《かすが》？　いつからいたの？」

戸惑《とまど》う千秋《ちあき》ちゃんに「いいから、いいから」と笑顔《えがお》を見せて、さっきまでわたしが隠《かく》れていた場所に戻《もど》った。そしてくるんと振《ふ》り返《かえ》り、千秋《ちあき》ちゃんと目を合わせる。

千秋《ちあき》ちゃんは、焦《あせ》っている。

いつもはもっと明るくて、すべてを受け止めてくれそうな笑顔《えがお》を見せてくれるのに、今は気まずそうにわたしから目をそらす。

ゆっくりと鼻から息を吸《す》い込《こ》み、口から吐《は》き出《だ》す。そして、そばに置いてあった傘《かさ》を手にして千秋《ちあき》ちゃんに差し出した。

「え、これ。見つけてくれたの？」

目を丸くする千秋《ちあき》ちゃんに、ふるふると首を左右に振《ふ》って否定《ひてい》する。

「ごめんね、千秋《ちあき》ちゃん。わたしが犯人《はんにん》なの」

「へ？」

「用事があるっていうのもウソなの。そうでもしないと千秋《ちあき》ちゃんと真佐《まさ》くん、ふたりきりになれないし、告白するなら距離《きょり》が近いほうがいいんじゃないかなーって。雨音がうるさくてもひとつの傘《かさ》の中なら、お互《たが》いの声がよく聞こえるでしょ？」

ごめんね、ともう一度謝《あやま》りながら千秋《ちあき》ちゃんに傘《かさ》を渡《わた》す。

千秋《ちあき》ちゃんはきょとんとした顔でわたしを見つめていた。

「本当は一回だけのつもりだったのに、真佐《まさ》くん全然告白しないんだもん」

告白、という単語に千秋《ちあき》ちゃんは我《われ》に返り、ブンブンと首を左右に振《ふ》った。

「あ、あの、あれは！」

「長かったよー。ああ、やっと告白したーって、思った――のに」

慌《あわ》てる千秋《ちあき》ちゃんの顔を笑顔《えがお》で覗《のぞ》き込《こ》む。

「なんで、断《ことわ》ろうとしたの？」

そして、千秋《ちあき》ちゃんの手を握《にぎ》りしめる。

「好きなんでしょ、真佐《まさ》くんのこと」

「だ、って」

千秋《ちあき》ちゃんの大きな瞳《ひとみ》に涙《なみだ》がたまってゆく。吐《は》き出《だ》された声は、途《と》切《ぎ》れ途《と》切《ぎ》れで、聞くだけで胸《むね》がぎゅっと締《し》めつけられる。

2. イイズナくんとたまに、恋《こい》バナ

「春日《かすが》も真佐《まさ》くんのことが、好きなんでしょう？」

涙《なみだ》を必死にこらえながら言われた言葉に、わたしは「ぶは！」と噴《ふ》き出《だ》した。

「もー！　やっぱり誤解《ごかい》してる！　そんなんじゃないってば」

ばしばしと千秋《ちあき》ちゃんの肩《かた》を叩《たた》きながら、けらけらと笑う。

わたしの予想したとおりのことを千秋《ちあき》ちゃんは考えていたらしい。

真佐《まさ》くんとは小学校から一緒《いっしょ》で、話しやすいから今も仲良くしているだけ。クラスメイトにも付き合っているんじゃないかと聞いてくる子がいたし、否定《ひてい》しても「否《ひ》定《てい》すればするほど怪《あや》しい！」なんて疑《うたが》われたこともあるけれど。

中学に入ってから出会った千秋《ちあき》ちゃんは、付き合いの短さなんて関係ないほど、わたしとも真佐《まさ》くんとも仲良くなった。けれど、どこかわたしたちに遠慮《えんりょ》していたのかもしれない。

だからわたしに、本当の気持ちを言うことも、わたしの気持ちを正面から確認《かくにん》することもできなかったのだろう。

「いっつも否定《ひてい》してたのに、信じてくれてなかったのー？」

「あたしに、気を遣《つか》ってるんじゃないかって……」

「千秋《ちあき》ちゃんが真佐《まさ》くん好きなのバレバレだったから？　だからわたしがウソついてるんじゃないかって？」

「そ、そういう、わけじゃ」

わたしがあまりにも楽しげに笑うからか、千秋《ちあき》ちゃんの表情《ひょうじょう》から少し緊張《きんちょう》が解《と》けたのがわかった。涙《なみだ》がこぼれる前に止めることができたみたいでよかった。

それでも、千秋《ちあき》ちゃんはまだ完全には信じてくれていないらしい。

まじまじとわたしを見つめて「本当に？」「ウソじゃない？」と何度も聞いてくる。そのたびに「大丈夫《だいじょうぶ》だって」「本当だよ」と自信満々に答えた。

「でも……」

「違《ちが》うよ」

どう言えば安心してもらえるかなあ、と思っていると背後《はいご》から声が聞こえて振《ふ》り返《かえ》る。いつの間に戻《もど》ってきたのか、飯綱《いいづな》くんが立っていた。もちろん、イイズナではなく、飯綱《いいづな》くんの姿《すがた》で。

コンビニのトイレで着替《きが》えたのだろうか。

「なんで飯綱《いいづな》が言い切れるのよ」

飯綱《いいづな》くんは千秋《ちあき》ちゃんの言葉にぎくっとしたのか、体を小さく震《ふる》わせてから、おずおずとわたしの隣《となり》に並《なら》んだ。

「春日《かすが》、はおれと、付き合ってる、かも」

……曖昧《あいまい》すぎる。

いつもの勢《いきお》いがない。

千秋《ちあき》ちゃんも同じ意見なのだろう。「は？」と怪訝《けげん》な顔をした。

ここは強引《ごういん》にでも信じさせなければ！

「そう、なの！　いや、付き合ってるのかは飯綱《いいづな》くんの言うようによくわかんないんだけど、でも、なんか、そんな感じの関係でね」

「そう！　そんな感じ！」

必死さが前面に出すぎてしまったような気もしないでもないけれど、ふたりでしどろもどろに説明をする。

「だから、ね、千秋《ちあき》ちゃん」

千秋《ちあき》ちゃんの背《せ》に回って、彼女《かのじょ》の背中《せなか》を押《お》す。

「大好きな友だちふたりには、幸せになってほしいの」

真佐《まさ》くんが待っている場所に、笑顔《えがお》で戻《もど》ってほしい。

そして、ふたりにはこれからもずっと、笑顔《えがお》で過《す》ごしていてほしい。

心から、そう思っているんだよ。


「……まったく、世話が焼けるんだから」

はーっと息を吐《は》き出《だ》してコンビニの壁《かべ》にもたれかかった。

千秋《ちあき》ちゃんと真佐《まさ》くんはめでたく両想《りょうおも》いになり、ふたりは手をつないで帰っていった。それを見送るとどっと疲《つか》れが押《お》し寄《よ》せてくる。

キューピットも大変だ。

明日は明日で千秋《ちあき》ちゃんにも真佐《まさ》くんにも、飯綱《いいづな》くんとの関係をあれこれ聞かれるだろうけれど、それはそのときに考えよう。

「飯綱《いいづな》くんも、ごめんね、ありがとう」

2. イイズナくんとたまに、恋《こい》バナ

コンビニで買ってきたいちごジャムパンを食べている飯綱《いいづな》くんは、「別に」と口の中をいっぱいにしながら言った。

「飯綱《いいづな》くんって、結構甘党《けっこうあまとう》だよね」

「……そ、それがなんだよ！　だからっておれの味覚はお子様じゃねえぞ！」

必死で叫《さけ》ぶ飯綱《いいづな》くんを見て、式部先輩《しきべせんぱい》にいつもそう言われているんだろうなあと思った。ぷくく、と笑いを噛《か》み殺《ころ》していると、目の前に封《ふう》の開けられていないイチゴジャムパンが差し出される。

「悪かったな」

パンを受け取りながら、これはお詫《わ》びの品なんだろうと思った。でも、なんのお詫《わ》び？　謝《あやま》らなきゃいけないのはわたしのほうなのに、どうして飯綱《いいづな》くんが謝《あやま》るんだろう。

「おれなんかと付き合って、る、とか、言って悪かったな」

「あぁ、そのことかぁ。そんなことないよ。助かった」

冷静なふうを装《よそお》っているつもりなんだろうけど、結局たどたどしいしゃべりかたになってしまう彼《かれ》に、つい笑ってしまう。

「でも、いいのか？」

ごくんっと口の中のものを飲《の》み込《こ》んでから聞かれた。なにが、と答える前に飯綱《いいづな》くんが言葉をつけ足す。


「お前も、真佐《まさ》のこと――」


飯綱《いいづな》くんには、わたしの想《おも》いも縁《えん》になって視《み》えていたらしい。

彼《かれ》がそれより先の言葉を口にしないように、ふるふると首を左右に振《ふ》って遮《さえぎ》る。

そして「いいんだよ」とつぶやいた。

「幸せになれるふたりなんだから、そのほうがいいでしょう？」

わたしにとっても。

ふたりが並《なら》んで歩く後《うし》ろ姿《すがた》は、見ているだけでわたしも幸せになったくらいだ。

本当に。心から。

「本当はね、どうしようかなって思ってたんだよね」

「お前も告白するかどうか、か？」

言われてみればそこで悩《なや》んでもおかしくないのに、わたしの頭にそんな考えは一度もよぎらなかった。

「背中《せなか》を押《お》すか押《お》さないか、かな」

真佐《まさ》くんへの想《おも》いと、真佐《まさ》くんと千秋《ちあき》ちゃんの想《おも》い。両想《りょうおも》いのふたりを祝福したいと思うけれど、自分がその手助けをするのは、すごく勇気が必要なことだった。

悲しみが微塵《みじん》もないわけではない。

でも。

「おじいちゃんがね、迷《まよ》ったときは行動するほうを、勇気がいるほうを選びなさいっていつも言うんだよね」

だから、それを選んだ。

なにもしないでじっと立ち止まったままでいるよりも、そのほうがいい。

その結果、今のわたしは、ふたりに心からおめでとうと口にできる。

そんな自分でよかったと思う。

「へえ、いいこと言うな。お前のじいちゃん」

「ふふ、でしょ？」

それにね、と言葉をつけ足した。

「わたしには、飯綱《いいづな》くんが視《み》てくれた千秋《ちあき》ちゃんとのつながりがあるから」

「北見《きたみ》だけじゃなかった。真佐《まさ》とも、お前はつながってた」

色や感じはお前のとは違《ちが》うけど、と言いながら飯綱《いいづな》くんは傘《かさ》を広げる。

「人と人のあいだに、一方通行の縁《えん》はねえから」

「……そっか」

真佐《まさ》くんも、わたしのことを大切な友だちだと思ってくれていた。それが、うれしい。それだけでいい。

「いいな、そういうの」

先に歩き出した飯綱《いいづな》くんの背中《せなか》は、少しさびしそうに見えた。

――『誰《だれ》かと強い縁《えん》でつながっていたら、それが多ければ多いほど、イイズナの力は強くなるんだってよ』

飯綱《いいづな》くんは、まだ自分には力がないと言っていた。それは、自分には縁《えん》がないからだと思っているのだろう。

力なんかいらねえけど、と言っていたのはきっと本心だ。力が強くなるとかならないとか関係なく、ただ、彼《かれ》は友だちがほしいのだと思う。さびしがり屋で、気を遣《つか》いすぎる、飯綱《いいづな》くんだから。

「ねえ、飯綱《いいづな》くん」

「なんだよ」

呼《よ》びかけると、立ち止まって振《ふ》り返《かえ》ってくれる。

「わたしのこと、春日《かすが》ってもう一度呼《よ》んでほしいな」

「っ！　呼《よ》ば、ねえ！　ばっかじゃねえの！」

飯綱《いいづな》くんはゆでダコみたいに顔をすみからすみまで赤く染《そ》めて叫《さけ》んだ。

◇

「なんっなんだよ！　お前らは！」

次の日の昼休み。飯綱《いいづな》くんがお昼ご飯《はん》を食べる空《あ》き部屋《べや》には、飯綱《いいづな》くんと式部先《しきべせん》輩《ぱい》はもちろん、わたしと千秋《ちあき》ちゃん、そして真佐《まさ》くんまでもが集まった。

ふたりは飯綱《いいづな》くんの食べっぷりを見て信じられないという顔をするけれど、「飯綱《いいづな》ならなんか受け入れられるよね」とも言った。

イイズナに変身することを知っても、ふたりなら驚《おどろ》きながらもわたしと一緒《いっしょ》にかわいいと撫《な》で回《まわ》しそうな気がする。さすがにそれは、まだ先になるだろうけれど。

「狭《せま》っ苦《くる》しいんだよ！」

「まあまあ、いいじゃん猛《たける》。賑《にぎ》やかな食事がはじめてで戸惑《とまど》うのもわかるけど」

「戸惑《とまど》ってねえ！」

式部《しきべ》先輩《せんぱい》とのやりとりを見て、真佐《まさ》くんも「うわ、なにこのツンデレ」と体を震《ふる》わせていた。そういえば真佐《まさ》くんは小動物が特に好きだったっけ。わたしとライバルになるかもしれない。

「でも春日《かすが》ちゃんが変わってるだけあって、お友だちも変わってるよね」

「……笑顔《えがお》でそんなふうに言わないでください」

先輩《せんぱい》はあははは、と極上《ごくじょう》スマイルをわたしに見せる。

「一番変わってるのは先輩《せんぱい》ですからね」

「なるほど」

そうかもね、と同じ笑《え》みを浮《う》かべ、さっきよりもやさしい口調で言った。

「よかったね、猛《たける》。友だちできて」

「友だちじゃねえ！」

飯綱《いいづな》くんは必死に否定《ひてい》する。けれど、飯綱《いいづな》くんの態度《たいど》の理由に少しでも気づいたあとではなにを言われても気にならないらしく、千秋《ちあき》ちゃんも真佐《まさ》くんも「えー」とわざとらしく口を尖《とが》らせる。

「だよねえ」

「西島《にしじま》の彼氏《かれし》みたいな相手なら、オレにとっても友だちだろ」

「んな、な、なんだ。え？　そんなもんなのか……？」

さっきまでの勢《いきお》いをなくした飯綱《いいづな》くんの頭を、式部先輩《しきべせんぱい》がやさしく撫《な》でる。

飯綱《いいづな》くんにも、飯綱《いいづな》くんだけの特別な縁《えん》が、きっとたくさんある。

今はまだ、視《み》えなくても。

3. イイズナくんに今日は、天敵《てんてき》

お昼ご飯《はん》を食べている飯綱《いいづな》くんが、ぶるっと小さく震《ふる》えた。

「どうしたの、飯綱《いいづな》くん」

飯綱《いいづな》くんは「なにも」と言いながら、いつもより険《けわ》しい顔をしてあたりを見渡《みわた》した。なにかを警戒《けいかい》しているのか、視線《しせん》をせわしなく動かしている。わたしも部屋の中をぐるりと見てみるけれど、特に変わったことはなにもない。

「なんか落ち着きがないな、猛《たける》」

「……悪寒《おかん》がするんだよ」

「え？　飯綱《いいづな》くんそういうのも視《み》えるの？」

幽霊《ゆうれい》とかおばけとか七不思議とか？　わたし、そっち系《けい》の話は苦手なんだけど。

この場所があまり使われていない東校舎《こうしゃ》の薄暗《うすぐら》い空《あ》き部屋《べや》であることを考えると、そういうウワサのひとつやふたつあってもおかしくない。想像《そうぞう》すると、飯綱《いいづな》くんと

3. イイズナくんに今日は、天敵《てんてき》

同じようにぶるっと震《ふる》えてしまう。

「知ってる？　春日《かすが》ちゃん」

「な、なにをですか……」

式部先輩《しきべせんぱい》はいつもどおりの笑《え》みを顔に貼《は》り付《つ》けてわたしを見つめる。本能《ほんのう》が警告《けいこく》しているのか、思わず体を引いてしまった。だって先輩《せんぱい》が満面の笑《え》みを向けるときは、意地悪なことを言ったりするときだ。

「この学校の七不思議。そのひとつはこの東校舎《こうしゃ》にあるトイレが舞台《ぶたい》なんだけど」

「や、やめてください！」

耳に手を当てて声を遮断《しゃだん》する。

東校舎《こうしゃ》の掃除《そうじ》は、全学年全クラスで月替《つきが》わりに担当《たんとう》している。今月はわたしのクラスが担当《たんとう》になっているのだ。絶対《ぜったい》に聞きたくない。

「んなもんねえだろ。おまえも式部《しきべ》の悪趣味《あくしゅみ》に振《ふ》り回《まわ》されてんじゃねえよ」

飯綱《いいづな》くんは舌打《したう》ちをしてご飯《はん》を再《ふた》び食べはじめた。

「猛《たける》は本当にユーモアがないなあ。そんなだから、友だちがいないんじゃない？」

「うるせえ！　もうおれには友だちが……い、い、いない！」

自分で「いる」と言うのが恥《は》ずかしくて「いない」とか言っちゃう飯綱《いいづな》くんに、さっきまで感じていた恐怖心《きょうふしん》がすうっと溶《と》けてなくなり、癒《い》やされる。

式部《しきべ》先輩《せんぱい》に振《ふ》り回《まわ》される飯綱《いいづな》くんは、やっぱりかわいすぎる。

先輩《せんぱい》は慰《なぐさ》めるように飯綱《いいづな》くんの頭をよしよしと撫《な》でて、「憐《あわ》れむな！」と彼《かれ》をより一層怒《いっそうおこ》らせた。実際《じっさい》は慰《なぐさ》めているわけではなく、わたしと同じ気持ちで飯綱《いいづな》くんを愛《いと》おしんでいるだけ。そして、飯綱《いいづな》くんも文句《もんく》を言いつつも、なんだかんだ式部《しきべ》先《せん》輩《ぱい》の好意を感じているのかうれしそうだ。

そんなふたりを見ていると微笑《ほほえ》ましくなる。

とはいえ、それにほっこりしているわけにもいかない。先輩《せんぱい》の話そうとしていた七不思議がウソだというのなら、飯綱《いいづな》くんはなにに悪寒《おかん》を感じたのだろう。

「本当に、その、幽霊《ゆうれい》とかそういうのじゃないの？」

「おれにそういうのは視《み》えねえよ。っていうか信じてねえし」

縁《えん》が視《み》えるという不思議な力があっても、幽霊《ゆうれい》は別なのか。視《み》えるからこそ信じていないのかもしれない。どちらにしろ、飯綱《いいづな》くんがそう言い切ってくれると少し安心する。

3. イイズナくんに今日は、天敵《てんてき》

「じゃあ、悪寒《おかん》ってなに？」

聞きながら、さっき飯綱《いいづな》くんにわけてもらった、押《お》し寿司《ずし》を口に含《ふく》む。

押《お》し寿司《ずし》と言っても、酢飯《すめし》だったり魚が入っていたりするわけじゃない。ツナをご飯《はん》で挟《はさ》み、そのうえに錦糸卵《きんしたまご》をまぶしてぎゅっと押《お》したものだ。それが五センチ角ほどに切り分けてラップで包まれている。飯綱《いいづな》くんのお母さんは毎日手の込《こ》んだおいしいお弁当《べんとう》を用意していてすごい。しかも大量に。

ちなみに今、飯綱《いいづな》くんが食べているのはわたしが作ったハンバーグだ。毎回もらってばかりなのは悪いので、最近は飯綱《いいづな》くんが好きそうなおかずをお弁当《べんとう》に詰《つ》めて、交換《こうかん》したりもする。

飯綱《いいづな》くんは、わたしの質問《しつもん》に対して、眉《まゆ》を寄《よ》せて考《かんが》え込《こ》んだ。

「なんかこう、いやな感じ」

「もしかして風邪《かぜ》とか？」

「そういうんじゃない、と思う」

よくわからないけれど、わたしまで周りが気になってくる。先輩《せんぱい》は気にしていないのか「なんだろねえ」といつもどおり落ち着いた雰囲気《ふんいき》でご飯《はん》を食べていた。

風邪《かぜ》じゃないならいいけど――。

「きゃあああああああああ！」

突然《とつぜん》、廊下《ろうか》から女の子の叫《さけ》び声《ごえ》が聞こえてきて、三人同時に体が大きく跳《は》ねる。

い、いったいなにごと！

「な、なに」

まさか本当になにかこう、霊的《れいてき》なものが……？

心臓《しんぞう》がものすごい速さで鼓動《こどう》する。

「まるでおばけと遭遇《そうぐう》したかのような悲鳴だねえ」

「そういうこと言うなっての！」

式部先輩《しきべせんぱい》に噛《か》みつく飯綱《いいづな》くんの表情《ひょうじょう》は真っ青だった。お箸《はし》を持つ手がかすかに震《ふる》えている。幽霊《ゆうれい》を信じていないわけじゃなくて、怖《こわ》いからいないと言い聞かせていただけだったらしい。

でも、先輩《せんぱい》の言うように尋常《じんじょう》じゃない叫《さけ》び声《ごえ》だった。

3. イイズナくんに今日は、天敵《てんてき》

　このままじっとしていては、わけがわからなくてただ震《ふる》えることしかできない。

「なんでもないよね」「なんでもねえよ」「そうだよね」「そうに決まってんだろ」と引きつった笑《え》みを浮《う》かべる飯綱《いいづな》くんと励《はげ》ましあいながら、そっとドアを開けて廊下《ろうか》を覗《のぞ》いた。

　突《つ》き当《あ》たり、ちょうどトイレの前に何人かの女子が集まっている。

「こういうときはおれの出番だな」

　なにが、と振《ふ》り返《かえ》ったときにはすでに飯綱《いいづな》くんの姿《すがた》はなかった。代《か》わりに床《ゆか》に散らばった制服《せいふく》があるだけ。

　なるほど、イイズナになって近づくのか。たしかに、イイズナくんなら姿《すがた》も消せるから隠密《おんみつ》行動にうってつけだ。さすが。


　結局、悲鳴の理由は、男子トイレが汚《よご》れていた、というだけだったらしい。

「ったく、紛《まぎ》らわしいんだよ」

　残りのご飯《はん》を食べて教室に戻《もど》るまでのあいだ、飯綱《いいづな》くんはずっと文句《もんく》を言っていた。今も廊下《ろうか》を歩きながら「驚《おどろ》かしやがって」「しょうもない」とご立腹《りっぷく》だ。

そもそも、どうしてお昼に女子生徒たちが東校舎《こうしゃ》なんかにいたのかと思ったら、校内で鬼《おに》ごっこをしていたらしい。その途中《とちゅう》で男子トイレの前を通ると、なぜかドアが開いていて中がめちゃくちゃに荒《あ》らされている光景が見えたようだ。トイレットペーパーが床《ゆか》に散らばっていて、おまけにびしょびしょに濡《ぬ》れていたとか。突然《とつぜん》そんなものを見たら叫《さけ》んでしまう気持ちもわからないではない。

血痕《けっこん》らしきものもあったとか、なかったとか。

しばらくしてやってきた先生が確認《かくにん》したところ、血だとしても大した量ではないとのことだった。飯綱《いいづな》くんも、ぽつぽつといくつか斑点《はんてん》があっただけだと言った。

そうだとしても、なんだか気持ちが悪い。

「誰《だれ》かのいたずらかなあ」

そうであってほしい。

でも、なんのために？

「もう忘《わす》れろ、考えるだけ無駄無駄《むだむだ》」

たぶん、飯綱《いいづな》くんは忘《わす》れたいのだろう。その気持ちはわかる。理由がわからない不思議な現象《げんしょう》は、少し怖《こわ》い。

「今は悪寒《おかん》しないの？」

「そういやないな」

「なにそれ。もしかして、やっぱり本当は風邪《かぜ》なんじゃない？」

思わず手を伸《の》ばして飯綱《いいづな》くんのおでこに触《ふ》れる。茶色の髪《かみ》の毛《け》が思ったよりもさらっとしていた。

自分のおでこにも、もう片方《かたほう》の手を当ててみる。うん、熱はなさそうだ。

「咳《せき》とかは――って、真っ赤だよ飯綱《いいづな》くん！」

さっきまで熱はなさそうだったのに、気づけば飯綱《いいづな》くんの顔は今にも湯気が出てきそうなほど赤くなっていた。触《ふ》れている手からも熱が伝わってくる。

「お、お前っ！　気安く触《さわ》るな！」

「え？　ああ、そっか。ごめんごめん」

「謝罪《しゃざい》が軽いんだよお前！　男に安易《あんい》に触《ふ》れるな！　なにかあったらどうすんだよ！　もっとこう、気をつけろ！　ご、誤解《ごかい》するやつも、いるんだぞ！」

誤解《ごかい》。

その言葉でわたしまで顔が紅潮《こうちょう》してしまった。

「そんな、つもりじゃなかったんだけど、えっと、ごめん」

「わ、わかればいいけど」

向かい合ってふたりして照れてしまう。

弟にするのと同じように、なにも考えずにおでこに手を伸《の》ばしてしまった。いくらなんでも同い年の男の子にすべきではなかった。

ああ、もう、なんでそんなことしちゃったんだろう。

「やっぱりあのふたりって」「まじで」「なになに？」「意外」

気まずい雰囲気《ふんいき》で並《なら》んでいると、こそこそと誰《だれ》かが話している声が聞こえた。はっとして顔を上げると、目が合った人たちは勢《いきお》いよく顔をそらす。と、いうことはわたしと飯綱《いいづな》くんのことを話していた、ということだ。

え？　わたしたちそんなふうに見られてたの？

「い、飯綱《いいづな》くん、今――」

「おい、春日《かすが》。さっさと教室戻《もど》らねえとチャイム鳴るぞ」

あわあわしながら声をかける。けれど、飯綱《いいづな》くんには聞こえていなかったのか、むっつりとしたいつもの表情《ひょうじょう》でわたしを見た。

3. イイズナくんに今日は、天敵《てんてき》

――『春日《かすが》』

最近は、こうしてわたしの名前を呼《よ》んでくれるようになった。そのたびに、なんとなく胸《むね》が疼《うず》く。

「今、なんか言いかけたか？」

「なんでも、ない」

わたしたち、付き合ってると思われてるみたいだよ、と口にすることに羞恥《しゅうち》を感じて、首を振《ふ》って誤魔化《ごまか》す。

いつからウワサになっていたのだろう。

もしかすると、わたしと千秋《ちあき》ちゃんのために飯綱《いいづな》くんが言ってくれた『付き合ってる、かも』というセリフを、誰《だれ》かが聞いていたのかもしれない。それとも、ここ最近千秋《ちあき》ちゃんと真佐《まさ》くんをふたりきりにするために、飯綱《いいづな》くんとお昼を一緒《いっしょ》に食べることが増《ふ》えたからかもしれない。

もし、ウワサのことを飯綱《いいづな》くんが知ったら、どんな顔をするんだろう。

きっとすごく照れるはずだ。そんな彼《かれ》はめちゃくちゃかわいいはず。でも、もしかしてもしかすると、わたしと距離《きょり》を取ろうとするかもしれない。おれなんかとウワサになるわけにはいかない、とか言って。わたしのために。

——それは、やだな。

素直《すなお》な想《おも》いが、胸《むね》の中にぽとんと落ちてきた。

◇

結局、次の日になっても飯綱《いいづな》くんの様子はおかしかった。そわそわと落ち着きなく動いたり、突然《とつぜん》ぴくっと体を反応《はんのう》させたり。

教室にいるときはなんともないので、やっぱりこの東校舎《こうしゃ》、なにかあるのでは。ずっとこのままならこの空《あ》き部屋に来るのが怖《こわ》くなってしまう。

「さすがにおかしいね」

式部先輩《しきべせんぱい》も昨日は気にしていなかったけれど、二日連続となると首をかしげていた。飯綱《いいづな》くんが「なにもない」と言《い》い張《は》っているから、余計《よけい》になにかあるとしか思えなくなってくる。

なんか、わたしまで悪寒《おかん》がしてきた。

たぶん、気のせいだけど。

「飯綱《いいづな》あー！　助けてくれよ！」

「つぎゃあ！」

いきなりドアが開いて、口から心臓《しんぞう》が飛び出るかと思うほど驚《おどろ》いた。顔を真っ青にしながら振《ふ》り返《かえ》ると、真佐《まさ》くんが息を切らして立っている。

千秋《ちあき》ちゃんと真佐《まさ》くんが付き合った日を境《さかい》に、飯綱《いいづな》くんもふたりと話をするようになった。一緒《いっしょ》にお昼ご飯《はん》を食べたことも二回ある。

でも当の飯綱《いいづな》くんは、まだふたりからの好意をどう受け止めていいのかわからないらしく、話しかけられてもぎこちない。自分から話しかけることもしない。

だからか、千秋《ちあき》ちゃんや真佐《まさ》くん以外のクラスメイトとは、まだ距離《きょり》がある。

けれど、そのうちきっとみんなにも飯綱《いいづな》くんのやさしさは伝わるだろう。

飯綱《いいづな》くんの乱暴《らんぼう》な物言いが照《て》れ隠《かく》しと気遣《きづか》いからくるものだということ。根は素《す》直《なお》で愛情《あいじょう》深い人だということ。

少なくとも、真佐《まさ》くんにはそれが伝わっている。じゃなければ飯綱《いいづな》くんに助けを求めには来ないだろう。

だからって、こんなふうに驚《おどろ》かすのはやめてほしい。

「なんだよ、急に！」

喉《のど》にご飯《はん》が詰《つ》まったのか、飯綱《いいづな》くんが胸《むね》を軽く叩《たた》きながら文句《もんく》を言った。

「無実の罪《つみ》を着せられそうになってるんだよ！」

「はあ？」

へろへろと中に入ってきた真佐《まさ》くんは、はあはあと肩《かた》で息をしている。教室からここまで走ってきたのだろう。普段《ふだん》は楽観主義者《しゅぎしゃ》で、ちょっとやそっとのことでは焦《あせ》ったりパニックになったりしない真佐《まさ》くんなのに、珍《めずら》しい。

もしかして、千秋《ちあき》ちゃんとなにかあったとか？

千秋《ちあき》ちゃんのことに関してだけはヘタレになっちゃうからなあ。

でも、だったら飯綱《いいづな》くんじゃなくて、わたしに助けを求めるよね。

ひとりでいろいろと考えていると、呼吸《こきゅう》を整えた真佐《まさ》くんが「オレを助けてくれ」と改めて飯綱《いいづな》くんに頭を下げた。

3. イイズナくんに今日は、天敵《てんてき》

飯綱《いいづな》くんとわたしと式部先輩《しきべせんぱい》は、意味がわからず顔を見合わせた。

「まぁ、ちょっとこれでも飲んで落ち着いて。助けてって、どういうこと?」

こういうときに頼《たよ》りになるのはやっぱり先輩《せんぱい》だ。持っていたペットボトルのお茶を常備《じょうび》していた紙コップに注ぎ、真佐《まさ》くんに渡《わた》す。あざっす、と言って一気にそのお茶を飲《の》み干《ほ》した真佐《まさ》くんは、ふうっと息を吐《は》き出《だ》してから落ち着いた口調で詳細《しょうさい》を話してくれた。

「昨日、この校舎《こうしゃ》のトイレが荒《あ》らされた話知ってるか?」

「まあ、うん。なんとなく」

「なら話が早い。つまり、あれをオレがやったことにされそうなんだよ」

一気に話が飛躍《ひやく》してしまった。どうしてそんなことになるのか。

と、疑問《ぎもん》に思ったと同時にはっと気づく。

「掃除当番《そうじ》か!」

「そう! そのとおり!」

全員がなるほど、とうなずいた。

真佐《まさ》くんは今週、この空《あ》き部屋《べや》のある東校舎《こうしゃ》の四階のトイレ掃除《そうじ》を担当《たんとう》していた。

掃除《そうじ》をするのは放課後だ。事件《じけん》が発覚した昨日の昼休みまでは、ほぼ丸一日の時間があり、掃除《そうじ》のあとに別の誰《だれ》かがいたずらをしたという可能性《かのうせい》も十分ある。

ただ、めったに使用されることのないこの校舎《こうしゃ》だ。その結果、最後にトイレに入ったであろう真佐《まさ》くんに疑《うたが》いの目が向けられたということだろう。

「今日の朝も、同じようなことになってたらしいね」

「え？　そうなんですか」

初耳だ。

式部先輩《しきべせんぱい》いわく、昨日のことがあったから、先生が今日の朝に見回りをしたらしい。真佐《まさ》くんも「そうそう」とうなずいていたので、結構《けっこう》広まっている話なのかもしれない。ただ、飯綱《いいづな》くんもわたしと同じように今知ったのか、「へえ」とご飯《はん》を食べながら言った。

「でも、掃除《そうじ》当番ってひとりでやるわけじゃないんじゃないの？」

「そうなんですけど、一昨日と昨日はオレひとりだったんです」

式部先輩《しきべせんぱい》の質問《しつもん》に、真佐《まさ》くんは少し拗《す》ねたように唇《くちびる》を尖《とが》らせる。

「いつもはオレの他にふたりいるんですけど、一昨日はひとりが休みで、もうひとりも用事があるって先に帰っちゃって。それでオレがひとりで掃除《そうじ》してたもんだから、クラスの連中にもお前がやったんだろって。担任《たんにん》もはっきりとは言わないけど、絶対《ぜったい》オレのこと疑《うたが》ってるし！」

　わたしたちのクラスの担任《たんにん》は、三十代後半の女の先生だ（アラフォーというらしく、本人がよく自分のことをそう言っている）。しっかり者で怒《おこ》ると怖《こわ》い国語の先生で、わたしは結構《けっこう》好きだ。でも、目立つ真佐《まさ》くんはよく注意されているので、苦手意識《いしき》があり疑心暗鬼《ぎしんあんき》になっているのかもしれない。

「ったく、今週の掃除《そうじ》は楽な場所でラッキーだと思ったのにさあ」

　こんなことになるなんて、と真佐《まさ》くんは苦い顔をした。

「めったに人が来ない校舎《こうしゃ》のトイレ掃除《そうじ》、ひとりでやるなんて怖《こわ》くないの？」

　わたしはいつも飯綱《いいづな》くんや式部《しきべ》先輩《せんぱい》と一緒《いっしょ》だから気にならないけれど、ひとりだったらこの空《あ》き部屋《べや》で過《す》ごすのも怖《こわ》い。絶対《ぜったい》いやだ。

「なにが怖《こわ》いんだよ。オレらの校舎《こうしゃ》のトイレのがきったねえじゃん。だからひとりでもいいかって。適当《てきとう》に終わらせたけど、わざわざ荒《あ》らしたりなんかしねえよ」

「まあ、きみにはあんなことする理由がなさそうだもんねえ」

「そうなんですよ！　そんなすぐバレることしないっす！」

たしかに、二日連続でそんなことをしたら「犯人《はんにん》はオレです」と宣言《せんげん》しているようなものだ。それに先輩《せんぱい》の言うように、真佐《まさ》くんにはいたずらをする理由がない。

「話はわかったけど、おれにどう助けろって言うんだよ」

飯綱《いいづな》くんはそう言いながらも、助けられることはなにかと真剣《しんけん》に考えているのがわかった。でも、探《さが》しものではないなら飯綱《いいづな》くんの管轄《かんかつ》外だ。

「今日、一緒《いっしょ》に掃除《そうじ》してくれ！」

真佐《まさ》くんは、ぱんっと音を鳴らして顔の前で手を合わせた。

「今日もひとりなんだよ。これで明日もなんかあったら、今度こそオレが犯人《はんにん》にされるじゃん。でも飯綱《いいづな》が一緒《いっしょ》にいたら、オレじゃねえって証明《しょうめい》できるだろ？」

「な、なんでおれなんだよ！　友だちに頼《たの》めよ！」

「オレらも友だちだろ！」

真佐《まさ》くんはそう言って、飯綱《いいづな》くんの手をがっしりと掴《つか》んだ。期待を込《こ》めた、そして混《ま》じりっ気《け》のない純粋《じゅんすい》な想《おも》いの込《こ》もった眼差《まなざ》しを飯綱《いいづな》くんに向ける。

……陥落《かんらく》。

式部先輩《しきべせんぱい》とわたしは同時に思ったに違《ちが》いない。

それほどまでに、飯綱《いいづな》くんの頬《ほお》が緩《ゆる》むのが目に見えてわかった。背後《はいご》に幸せの花がぽんぽんぽんっと咲《さ》く様子まで見えそうだ。

「と、友だち、だったら仕方ないよな。そこまで言うなら、友だち、だし？ 手伝ってやってもいいけど！」

「さすが飯綱《いいづな》！ 頼《たよ》りになる！ サンキュー！」

友だち、と口にするたびに、飯綱《いいづな》くんはにやけそうになるのを必死に我慢《がまん》して胸《むね》を張《は》る。それに気づいていない真佐《まさ》くんは、心からの感謝《かんしゃ》を口にした。


放課後になると、真佐《まさ》くんと一緒《いっしょ》に飯綱《いいづな》くんが教室を出ていく。

その後《うし》ろ姿《すがた》を見て、ふと違和感《いわかん》を覚える。なにか、おかしい。なんだろう。

「どうしたの、春日《かすが》」

廊下《ろうか》を歩く飯綱《いいづな》くんたちの後《うし》ろ姿《すがた》を教室のドアから顔を出してこっそり見ていると、千秋《ちあき》ちゃんが不思議そうに声をかけてきた。

「あ、いや。千秋《ちあき》ちゃん今から部活だよね」

「うん。え？　一緒《いっしょ》に帰る？　サボろうか？」

「そんなこと言って、部活終わったら真佐《まさ》くんと帰るんでしょ」

えへへ、とはにかむ千秋《ちあき》ちゃんは、とても幸せそうだった。真佐《まさ》くんとのお付き合いは順調らしい。

「じゃあ、部活行ってくるー。またね」

千秋《ちあき》ちゃんを見送ってから、わたしも帰ろうかとカバンを手にした。けれど、さっきの飯綱《いいづな》くんに感じた違和感《いわかん》が気になって、わたしも東校舎《こうしゃ》に向かう。たぶん、いつもの空《あ》き部屋には式部先輩《しきべせんぱい》がいるだろう。

到着《とうちゃく》してドアを開《あ》けると、わたしの予想どおり、式部先輩《しきべせんぱい》がスマホを見ながら飯《いい》綱《づな》くんを待っていた。

「どうしたの？　春日《かすが》ちゃんも掃除《そうじ》手伝うの？」

「いえ、なんか、変な感じがして」

「え？　霊感《れいかん》？」

とうとう春日《かすが》ちゃんも霊《れい》がわかるようになっちゃったかー、とわざとらしく式部《しきべ》先輩《せんぱい》が驚《おどろ》いた顔をする。

「違《ちが》います！　ただ、いつもに比《くら》べたら……飯綱《いいづな》くんの荷物が多いなって」

そうだ。口にしてわかった。

飯綱《いいづな》くんは教科書を入れているカバンとは別に、お昼ご飯《はん》を入れている大きなトートバッグを持っている。それが、放課後だというのにぱんぱんに膨《ふく》れていたのだ。

「ああ、ご飯《はん》追加したから」

「追加？」

先輩《せんぱい》の説明によると、飯綱《いいづな》くんはお昼休みに家に連絡《れんらく》して、追加のご飯《はん》を少し（といってもわたしのお弁当《べんとう》よりも多い量を）持ってきてもらったらしい。

でも、なんで？

「掃除《そうじ》するからお腹《なか》が空《す》く、ってことですか？」

「まあ、そんな感じかなあ」

式部先輩《しきべせんぱい》は意味ありげに肩《かた》をすくめる。

体育の授業《じゅぎょう》があると放課後までもたないって言っていたっけ。

でも、普段《ふだん》からなにかあったときのためにご飯《はん》は多めに持ってきていると聞いたことがある。放課後にこの部屋で食べてから帰ることもしょっちゅうだとか。
それでは足りない、と判断《はんだん》したから追加を頼《たの》んだのだと思うけど……。掃除《そうじ》って
そんなにお腹《なか》が空《す》く大仕事だったただろうか。
「せっかくだから、一緒《いっしょ》に帰ってもいいですか？」
「いいけど、遅《おそ》くなっても大丈夫《だいじょうぶ》？」
遅《おそ》くなるって、どういうことだろう。
きょとんとしていると「僕《ぼく》が話すとまた怒《おこ》られるから、とりあえず掃除《そうじ》が終わる
まで一緒《いっしょ》に待ってようか」とにっこり微笑《ほほえ》まれた。心なしかニヤニヤしているよう
な気がする。
掃除《そうじ》はだいたい三十分もあれば終わる。そのあいだ、わたしと式部先輩《しきべせんぱい》は他愛《たあい》な
い話をして過《す》ごした。二年生になったら数学はどんなことを勉強するのか、とか、
一ヶ月ほどあとにある期末テストではどんな問題が出るだろうか、とか。先輩《せんぱい》はど
の質問《しつもん》にも丁寧《ていねい》に答えてくれた。
先輩《せんぱい》はやや腹黒《はらぐろ》い一面があるものの、基本的《きほんてき》にはとても頼《たよ》りになる存在《そんざい》だ。だか
らこそ、飯綱《いいづな》くんも先輩《せんぱい》のことを信頼《しんらい》しているのだろう。

3. イイズナくんに今日は、天敵《てんてき》

「そういえば、猛《たける》のお母さんたちが、春日《かすが》ちゃんは今度いつ来てくれるのかって楽しみにしてたよ」

「えー、ほんとですか。またお邪魔《じゃま》してもいいんですかね」

「お邪魔《じゃま》どころか、全力で歓迎《かんげい》されると思うよ。春日《かすが》ちゃんの友だちふたりも一緒《いっしょ》に行ったら、猛《たける》の家は一週間赤飯《せきはん》炊《た》くだろうな」

わたしが家に行ったときの家族の興奮《こうふん》ぶりを思い出して、クスクスと笑ってしまった。そして、そのときの飯綱《いいづな》くんはどんな反応《はんのう》を見せてくれるのだろうと想像《そうぞう》すると、今日にでも彼《かれ》の家に行きたくなる。

また遊びに行きたいな。いつがいいかな。今度飯綱《いいづな》くんに聞いてみようかな。千秋《ちあき》ちゃんや真佐《まさ》くんを誘《さそ》うのもいいけれど、もうちょっと彼《かれ》を独《ひと》り占《じ》めしたいなあ、なんてことを思ってしまった。

「わ、なんでいるんだよ、お前」

掃除《そうじ》が終わって部屋にやってきた飯綱《いいづな》くんが、わたしを見て驚《おどろ》いた顔をする。

「お疲《つか》れ様《さま》。一緒《いっしょ》に帰ろうかなって思ったんだけど」

「一緒《いっしょ》にって、校門までだろ。それに遅《おそ》くなるかもしれねえぞ」

式部先輩《しきべせんぱい》と同じことを言って飯綱《いいづな》くんは椅子《いす》に座《すわ》り、追加で持ってきてもらったご飯《はん》を食べはじめた。お昼ご飯《はん》ほどではないけれど、テーブルの上にはわたしひとりでは食べ切れないくらいの量が並《なら》ぶ。

「残ってなにかするの？」

「まあ……ちょっと、その、監視《かんし》っつーか、見張《みは》りっつーか」

「もしかして、犯人《はんにん》を探《さが》す気？」

はっとして聞くと、飯綱《いいづな》くんはぼっと顔に火を点《つ》けた。

「だ、だって、今日もなにかあったら真佐《まさ》だけじゃなくおれまで疑《うたが》われるかもしれねえだろ！　一緒《いっしょ》に掃除《そうじ》したけど、おれじゃ信用してもらえないかもしれねえし！　そ、それに、と、友だち、が困《こま》ってるなら、なんとかしてやらねえと！」

本音は後半部分だろう。真佐《まさ》くんのためになにかしてあげたいんだろうな。

学校に残って犯人《はんにん》を突《つ》き止《と》めようとするなんて、さすがだ。いつ現《あらわ》れるかわからない犯人《はんにん》を待《ま》ち伏《ぶ》せするために、飯綱《いいづな》くんはこうしてご飯《はん》まで準備《じゅんび》したんだ。

「ねえ、わたしにも手伝えることとか、ある？」

「いらねえよ、そんなもん。あぶねえだろ！」

「……そっかあ」

ただ待つだけじゃ邪魔《じゃま》になるかな、と思ったけれど、仕方ない。心配してくれているのも伝わってくるし、ここは帰ったほうがいいだろうな、と腰《こし》を上げようとすると、

「時間が大丈夫《だいじょうぶ》だったら、ここで式部《しきべ》と待ってれば？」

と言ってくれた。

「僕《ぼく》もなにもできないしねえ。あんまり遅《おそ》くなるようだったら先に帰ってもいいし、猛《たける》の家に連絡《れんらく》して車で家まで送ってもらえばいいんじゃない？　たぶんよろこんで来てくれるよ」

「い、いいの？」

先輩《せんぱい》の提案《ていあん》に目を輝《かがや》かせてしまった。

飯綱《いいづな》くんは「好きにしろ」と言って、「前もって家に連絡《れんらく》入れとくか」とか「お前も腹減《はらへ》ったらこれ食えよ」とテキパキとわたしのために動いてくれる。

「もう少ししたら見回りしてくるから、春日《かすが》は式部《しきべ》と一緒《いっしょ》にいろよ」

「うん、わかった」

犯人《はんにん》に見つかるわけにはいかないから、という理由で彼《かれ》はイイズナの姿《すがた》になり東校舎《こうしゃ》にある一階から四階までのトイレを順番に確認《かくにん》しに行った。なるほど。たしかにその方法ならわたしも式部先輩《しきべせんぱい》も手伝えることがない。

「七時までに現《あらわ》れるかなあ」

先輩《せんぱい》はスマホを取り出しつぶやいた。

「そっか、完全下校時刻《じこく》がありますもんね」

「まあ、〝誰《だれ》か〟の仕業《しわざ》だったら七時までに見つけられるかもしれないけどね」

誰《だれ》か、と強調しないでほしい。

考えないようにしていたのに。

これが人ではない、この世に存在《そんざい》しないなにかの仕業《しわざ》だったなら……そう考えると全身に鳥肌《とりはだ》が立った。

人為的《じんいてき》なものでありますように！　そして、七時までに犯人《はんにん》を見つけられますように！

にしても、式部先輩《しきべせんぱい》はなんでこんなに余裕《よゆう》があるのだろう。

「……先輩《せんぱい》は怖《こわ》くないんですか？」

「うーん、見たことないから、怖《こわ》いかどうかもわかんないなあ」

「わたしも先輩《せんぱい》みたいな思考回路になりたい！」

余裕《よゆう》の返事をする先輩《せんぱい》を見て、くうっと唇《くちびる》を噛《か》む。わたしは見たことがないから怖《こわ》いのに。

だめだ、余計《よけい》なことは考えないでいよう。

気を取り直すように、カバンから金色の栞《しおり》を挟《はさ》んだ文庫本を取り出した。

そのとき。

——ガタガタッ、バタン、という音がかすかに聞こえてきた。

先輩《せんぱい》と同時に顔を上げて、ドアに視線《しせん》を向ける。けれど当然、部屋の中からではなにがあったのかわからない。

イイズナくんが、なにかにぶつかったのだろうか。

……それとも、誰《だれ》かが。もしくは、なにかが。

これが別の階で起きた出来事ならば、ドアが閉《と》じられたこの部屋まで音は届《とど》かないはずだ。つまり、この教室のある四階でなにかが起きている可能性《かのうせい》が高い。

先輩《せんぱい》と目を合わせてから、ふたりでドアに近づいていく。

廊下《ろうか》から新たな音は聞こえないし、誰《だれ》かが近くにいる気配もない。

先輩《せんぱい》がドアに手を伸《の》ばして、そっと開ける。

そして、ふたり同時にゆっくり顔を出し、廊下《ろうか》を確認《かくにん》した。

しんと静まり返った廊下《ろうか》には、誰《だれ》の姿《すがた》もなかった。

「誰《だれ》も……いませんね」

「いない、ね」

それにほっとすればいいのか、余計《よけい》に怖《こわ》がればいいのか自分でもよくわからない。

かといって、このままなにごともなかったかのようにこの場所でじっとしていることもできそうにない。でも、ここで待っているように言われたしなあ。下手に動いてイイズナくんに迷惑《めいわく》をかけることになるのは避《さ》けたいなあ。

悩《なや》みながら立《た》ち尽《つ》くしていると、ちょうどトイレの前あたりで白いなにかがふわふわと浮《う》いていることに気がつく。

イイズナくんだ！

わたしと先輩《せんぱい》に気づいたイイズナくんは、なにか叫《さけ》んだ、ような気がした。鳴き声らしきものが聞こえる。たぶん、部屋に入っていろと言っているんだろう。

3. イイズナくんに今日は、天敵《てんてき》

「猛《たける》も無事みたいだし、おとなしく待ってようか」

「そうですね」

と言いつつも、わたしも先輩《せんぱい》も、部屋の中には入らない。

なにかが、誰《だれ》かが、あのトイレにいるならば、イイズナくんも危《あぶ》ないのでは。

中に入っていくイイズナくんを見守り、無事に出てきてくれますようにと願いながらじっと待つ。と、どこかからバタバタと誰《だれ》かがやってくる音が聞こえた。

足音のほうを見ると、見覚えのある男子生徒が渡《わた》り廊下《ろうか》のほうからやってくる。

「あれ、ミッチー先輩《せんぱい》じゃない？」

相変わらず制服《せいふく》を着崩《きくず》している。トレードマークの赤茶髪《あかちゃがみ》をボサボサにしながら必死に走ってきたようだ。かかとを踏《ふ》みつけた上履《うわば》きがぱたんぱたんと床《ゆか》を鳴らしていた。

ミッチー先輩《せんぱい》は式部《しきべ》先輩《せんぱい》とわたしに気づいて、呼吸《こきゅう》を乱《みだ》しながら「お、お前、ら」と声をかけてくる。

「こんにちは、ミッチー先輩《せんぱい》」

「こんなところで、なにしてんだ。っていうか、馴《な》れ馴《な》れしくミッチーって呼《よ》ぶな」

「いいじゃないですか、ミッチー先輩《せんぱい》で。で、こんな時間までなにしてたんですか。昼寝《ひるね》でもして寝過《ねす》ごしたんですか？　もう本当、素行《そこう》が悪いんですから」

本人を目の前に、素行《そこう》が悪いと口にする式部先輩《しきべせんぱい》にぎょっとする。

式部先輩《しきべせんぱい》は相手が誰《だれ》であろうと丁寧《ていねい》にひどいことを言う。すごい。

「ケンカ売ってんのか、お前」

「やだなあ、そんなわけないじゃないですか。僕《ぼく》ケンカとかできませんよ」

あはは、と明るく笑う式部先輩《しきべせんぱい》に、ミッチー先輩《せんぱい》は呆《あき》れたようにため息をついた。

「今は、お前らに付き合ってる暇《ひま》はねえんだよ」

「どうかしたんですか？」

再《ふたた》び走り出そうとするミッチー先輩《せんぱい》を、今度はわたしが引き止める。

「……まあ、ちょっと」

ミッチー先輩《せんぱい》はわたしから目をそらして、曖昧《あいまい》な返事をした。なにか隠《かく》しているのだろうか。知られたらまずいことがあるのかもしれない。

ミッチー先輩《せんぱい》がわたしたちに秘密《ひみつ》にしたいものってなんだろう。

好奇心《こうきしん》がくすぐられたものの、今は関係ないかと見送ろうとすると、式部先輩《しきべせんぱい》が

3. イイズナくんに今日は、天敵《てんてき》

はっとしてミッチー先輩《せんぱい》のズボンに手を伸《の》ばした。

「っわ、なんだよ」

「これ……動物の毛、ですね」

人差し指と親指でなにかをつまんだ式部先輩《しきべせんぱい》は、それをマジマジと見る。わたしも顔を近づける。白くて、細い毛。間違《まちが》いなく髪《かみ》の毛《け》ではない。

式部先輩《しきべせんぱい》の言動に、ミッチー先輩《せんぱい》が「いや」「その」「たまま」としどろもどろになった。目が様々な方向に泳ぐ。

「猛《たける》がまずい！」

「え？　え？　ど、どうしたんですか！」

部屋に置いてあったイイズナくんの制服《せいふく》を掴《つか》み、式部先輩《しきべせんぱい》が駆《か》け出《だ》した。ミッチー先輩《せんぱい》は意味がわからずぽかんとしていたけれど、すぐに「やめろ！」と叫《さけ》びながら追いかける。

よくわかんないけど、とりあえずわたしも追いかけよう！

薄暗《うすぐら》い部屋に、ひとり取り残されるのも怖《こわ》い。

「猛《たける》！」と、式部先輩《しきべせんぱい》が叫《さけ》ぶ。

「止《と》まれ！」と、ミッチー先輩《せんぱい》も叫《さけ》ぶ。

そして、

「キュウウウウウー！」

とトイレから鳴き声と同時になにかが飛び出してきた。

それは、ふーふーと呼吸《こきゅう》を荒《あら》くした、興奮《こうふん》気味のイイズナくんだった。

「猛《たける》、大丈夫《だいじょうぶ》か」と先輩《せんぱい》が手を伸《の》ばす。それでも、イイズナくんはトイレの奥《おく》を睨《にら》んだまま動かない。

いったいなにが。

おそるおそる中を覗《のぞ》くと、そこには毛を逆立《さかだ》てた一匹《ぴき》のやせ細ったサバトラの猫《ねこ》がいた。まだ、体の小さい子猫《こねこ》だ。

そして、その猫《ねこ》に向かって「サバ！」とミッチー先輩《せんぱい》が叫《さけ》ぶ。

物音や叫《さけ》び声《ごえ》に先生たちが来るかもしれない、と空《あ》き部屋《べや》に移動《いどう》したわたしたちは、向かい合って座《すわ》った。全員の頭にクエスチョンマークが浮《う》かんでいる。

3. イイズナくんに今日は、天敵《てんてき》

「なんなんだよ！　それは！」

わたしと式部《しきべ》先輩《せんぱい》のあいだに座《すわ》っている飯綱《いいづな》くんが、ミッチー先輩《せんぱい》の抱《だ》きかかえているサバトラの猫《ねこ》を指差す。猫《ねこ》はシャアと口を大きく開けて飯綱《いいづな》くんを威嚇《いかく》した。

「おまえこそ、なにものなんだよ！」

猫《ねこ》をやさしい手つきで撫《な》でながら、ミッチー先輩《せんぱい》が飯綱《いいづな》くんに言う。

そう言いたくなる気持ちもわかる。というのも、成り行き上、ミッチー先輩《せんぱい》に飯《いい》綱《づな》くんの秘密《ひみつ》がバレてしまったからだ。

見られてしまったので仕方ない、と式部《しきべ》先輩《せんぱい》は以前わたしに説明したことと同じ内容《ないよう》を伝えた。飯綱《いいづな》くんが変身する理由や、力のこと。

かつてのわたしと同じように、ミッチー先輩《せんぱい》も実際《じっさい》その目で見てしまったので疑《うたが》うことはせず、「へえ……」と返事をした。すべてを納得《なっとく》できるわけではないようで、ずっと首をかしげているけれど、「だから前に変なこと言ってたのか」とつぶやいているので、理解《りかい》しようとしてくれている。

「最初に猛《たける》がいやな悪寒《おかん》がするって言ったときに気づけばよかったな」

「誰《だれ》も学校に猫《ねこ》がいるなんて思わねえよ」

イイズナくんから飯綱《いいづな》くんに戻《もど》った彼《かれ》は、体中に猫《ねこ》との格闘《かくとう》によるひっかき傷《きず》を作っていて、ところどころ血が滲《にじ》んでいた。

「とりあえず、傷《きず》の手当てしなきゃ。わたし絆創膏《ばんそうこう》持ってるし」

廊下《ろうか》の水道で濡《ぬ》らしたハンカチを飯綱《いいづな》くんの傷口《きずぐち》に当てると、「汚《よご》れるだろ！」と拒否《きょひ》された。それを無視《むし》して拭《ぬぐ》う。

「ハンカチはこういうときに使うものだよ。汚《よご》れたら洗《あら》えばいいだけ」

「……で、でも」

いいからいいから、とまだ血が出ている傷《きず》に絆創膏《ばんそうこう》をぺたんと貼《は》る。

「飯綱《いいづな》くんって猫《ねこ》が苦手なの？」

「いや、相性《あいしょう》が悪いんだよ。あいつらがやたらとおれを追いかけ回すんだ」

もともと吊《つ》り上《あ》がった目で、猫《ねこ》をじろりと睨《ね》めつける。猫《ねこ》の代《か》わりにミッチー先《せん》輩《ぱい》が「お前がネズミだからだろ」と言った。それに対して飯綱《いいづな》くんは「イイズナだ！」と否定《ひてい》する。ネズミと一緒《いっしょ》にされるのは不満のようだ。

……イイズナってイタチ科だったっけ。

「で、なんで学校なんかに猫《ねこ》がいんだよ！」

「そ、それは……」

ミッチー先輩《せんぱい》が言いよどむ。

その隙《すき》にわたしがサバトラ猫《ねこ》に手を伸《の》ばす。猫《ねこ》は一瞬《いっしゅん》、怯《おび》えたように耳を倒《たお》したけれど、さっきまでの威嚇《いかく》はウソみたいに目を細めて気持ちよさそうに撫《な》でられてくれた。

「すごく、人懐《ひとなつ》っこいですね。野良猫《のらねこ》、なんですかね？」

「たぶん、違《ちが》うと思う」

耳の付け根を撫《な》でると、ごろごろと喉《のど》を鳴らしはじめる。

昔、おじいちゃんの家にいた猫《ねこ》を思い出した。おばあちゃんが亡《な》くなるよりも少し前に、十九歳《さい》でこの世から旅立ってしまったミケ猫《ねこ》。

「妹が拾ってきた猫《ねこ》なんだ」

はあーっと息を吐《は》き出《だ》して、ミッチー先輩《せんぱい》は事情《じじょう》を話してくれた。

ミッチー先輩《せんぱい》には小学二年生の妹がいるらしい。その妹が学校帰りにこの猫《ねこ》に出会い、あまりの人懐《ひとなつ》っこさに家まで連れ帰ってきたという。あまり人を怖《こわ》がらないしボロボロの首輪をしていたことから迷《まよ》い猫《ねこ》だろうと思い、せめて飼《か》い主《ぬし》が見つかるまで世話をしようと保護《ほご》した。けれど、母親がそれを許《ゆる》さず、手放さなければいけなくなったそうだ。

「妹が……美奈《みな》が、泣くんだよ。どうにかしてくれって」

「それで、学校でこっそり面倒《めんどう》を見ていたってことか」

今度は飯綱《いいづな》くんがため息をついた。

「しばらくは親に隠《かく》して俺《おれ》の部屋で面倒《めんどう》見てたんだけど、バレそうになって学校に連れてきたんだよ。飼《か》い主探《ぬしさが》せるかもしれねえし、ちょうどいいかなって」

でも、飼《か》い猫《ねこ》が逃《に》げ出《だ》したという情報《じょうほう》はなく、せめて誰《だれ》か飼《か》えないかと探《さが》したもののそれもうまくいかなかったようだ。

「放り出すわけにもいかねえからさ。誰《だれ》も使わないここのトイレならどっかに行く心配もないしと思ったのに……こいつ俺《おれ》がいなくなるとめちゃくちゃ暴《あば》れるんだよ」

「トイレ荒《あ》らしてたのって、その猫《ねこ》だったんだ」

トイレットペーパーが散乱《さんらん》していたのも納得《なっとく》だ。

おそらく遊んでいたのだろう。興奮《こうふん》したときの猫《ねこ》の機敏《きびん》さは凄《すさ》まじい。きっとあのトイレ内を駆《か》け回《まわ》り、飛び回ったのだろう。天井《てんじょう》近くまで登ったりドアにぶつかったりもしたはずだ。便器の水で濡《ぬ》れてパニックになったりもしたかもしれない。そして、なにかの拍子《ひょうし》でドアが開いてしまったのかも。昨日、トイレから逃《に》げ出《だ》さなくてよかった。

「暴《あば》れたときに怪我《けが》をしたから、どうにかしてやりたいんだけど」

そう言って、猫《ねこ》の目元をやさしく撫《な》でる。

よく見ると小さな擦《す》り傷《きず》があった。

昨日、飯綱《いいづな》くんの言っていた血痕《けっこん》はこのことだろうか。

でも、他にも毛がはげてしまっているところがある。毛艶《けづや》も悪いし、ガリガリだし、野良猫《のらねこ》生活で、かなりストレスがあったのかもしれない。その割《わり》に汚《よご》れていないのは、ミッチー先輩《せんぱい》がお風呂《ふろ》で洗《あら》ってあげたのかも。

「っていうかてめえら、誰《だれ》かサバ飼《か》えねえのかよ?」

サバトラだからサバという名前を付けたらしいミッチー先輩《せんぱい》が、わたしたちの顔の前に猫《ねこ》をずいっと差し出してきた。猫《ねこ》は「なあー」とかわいらしい鳴き声をあげる。

「……わたしの家、ペット不可《ふか》のマンションなんですよね」

おじいちゃんも、病気の後遺症《こういしょう》で猫《ねこ》の世話は難《むずか》しいだろう。

「おれは無理。おれが無理」

「僕《ぼく》の家は母さんが猫《ねこ》アレルギー」

三人ともに連れて帰れない理由があることに、ミッチー先輩《せんぱい》が「くっそ！」と悪《あく》態《たい》をついた。猫《ねこ》は我関《われ》せずと言いたげに、落ち着いた表情《ひょうじょう》のままだ。

「妹のためにも……安心して任《まか》せられる人に預《あず》けたいんだけどなあ」

「妹さん思いなんですね、ミッチー先輩《せんぱい》」

「別にそういうわけじゃねえよ。ただ、かわいいだけだ」

堂々と言われてしまった。きっと、やさしいお兄ちゃんなんだろうなあ。

わたしになにができるだろう。

明日クラスのみんなに猫《ねこ》が飼《か》える人がいないか聞いて回ることならできるけれど、今日この状態《じょうたい》でまたトイレに置き去りにするのはかわいそうだ。お水やご飯《はん》が置いてあっても、ミッチー先輩《せんぱい》がいなくなったら暴《あば》れるということは、さびしいのだろう。

また同じようなことが起きたら脱走《だっそう》してしまうかもしれないし、誰《だれ》かに見つかって追い出される可能性《かのうせい》もある。

それに、ミッチー先輩《せんぱい》もずっと不安そうな顔をしている。

せめてとりあえず、一晩《ひとばん》、安心して過《す》ごせる場所があればいいのに。

ううん、と腕《うで》を組んで悩《なや》んでいると、しばらく黙《だま》っていた飯綱《いいづな》くんが意を決したようにすっくと立ち上がった。そして、猫《ねこ》を睨《にら》むように見下ろす。

「この猫《ねこ》、どこかに縁《えん》がある」

「は?」

「辿《たど》ったら、元飼《か》い主《ぬし》の家がわかるかも。もしかしたら、だけど」

「……いいの?　猛《たける》」

「いいも悪いも、この猫《ねこ》のこと考えたらそれしかねえだろ」

どこか心配そうな式部先輩《しきべせんぱい》に、飯綱《いいづな》くんが渋《しぶ》い顔で答える。

ふたりの会話の意味がわからなくて首をかしげていると、式部先輩《しきべせんぱい》が「うまくいけば、いいけど」と肩《かた》をすくめた。

「どういう、こと?」

「なにとつながっているのかわかんねえってことだよ」

飯綱《いいづな》くんが答えてくれたけれど、わたしもミッチー先輩《せんぱい》もよくわからなくて互《たが》いに相手の顔を見る。すると式部先輩《しきべせんぱい》が「猫《ねこ》は家に懐《なつ》くからね」と言葉をつけ足した。

「猫《ねこ》の縁《えん》が人とつながっていたら、いい。向こうも、いなくなった猫《ねこ》を探《さが》しているかもしれないからね。でも、家庭の事情《じじょう》でもう飼《か》えない状況《じょうきょう》になっている可能性《かのうせい》もゼロじゃないよ。家とつながっていた場合、飼《か》い主《ぬし》が遠くに引《ひ》っ越《こ》していたり、捨《す》てたっていうこともある」

式部先輩《しきべせんぱい》の言葉が、胸《むね》にズシンと落ちてくる。

縁《えん》があるからこそ、想像《そうぞう》するとやりきれなくなる。

そんなこと、考えたくない。でも、先輩《せんぱい》の言うとおりだ。必ずしもハッピーエンドが待《ま》ち構《かま》えているわけではない。

そして、飯綱《いいづな》くんはそれをわかったうえで、わたしたちに教えてくれた。

だったら。

「行こう！　ミッチー先輩《せんぱい》も一緒《いっしょ》に行きましょう！」

わたしも勢《いきお》いよく立って、悩《なや》んでいるのか無言で猫《ねこ》を抱《だ》きしめるミッチー先輩《せんぱい》の手を握《にぎ》りしめた。

「もしあんまりいい結果じゃなかったら、別の方法を考えればいいだけです。悪いことに気を取られて行動しなかったら、この猫《ねこ》の幸せな縁《えん》を切ってしまうことになるかもしれないんですよ」

だったら。

「まず、動きましょう！　悩《なや》んだときは、行動するほうを選んだほうがいいですよ！」

「春日《かすが》がそうしたいだけだろ」

飯綱《いいづな》くんに痛《いた》いところを突《つ》かれてしまい、ぐっと言葉に詰《つ》まる。

……たしかに、そのとおりだ。このままだとわたしが後悔《こうかい》しそうだ、というだけ。

で、でも！

「そうだな」

と、ミッチー先輩《せんぱい》がわたしを見てうなずき、「行くか」と猫《ねこ》にやさしく微笑《ほほえ》む。その表情《ひょうじょう》は少しだけ名残惜《なごりお》しそうに見えた。

もしかして、ミッチー先輩《せんぱい》はただ、この猫《ねこ》と離《はな》れたくないのかもしれない。

猫《ねこ》は、ミッチー先輩《せんぱい》の腕《うで》の中でおとなしく気持ちよさそうに目を細めていた。

まだ校内では部活動が行われている。

ということは先生たちもいるということだ。

猫《ねこ》を連れてきたことがバレたら怒《おこ》られてしまうので、四人で協力し、誰《だれ》かと鉢合《はちあ》わせてしまわないよう素早《すばや》く裏門《うらもん》まで向かった。空気を読んでいるのか、猫《ねこ》はミッチー先輩《せんぱい》のシャツの中で静かにしてくれている。通《とお》り過《す》ぎる生徒たちは、アンバランスなわたしたちを二度見していた。

そして、飯綱《いいづな》くんは物陰《ものかげ》でイイズナに変身する。縁《えん》は人のままでも視《み》えるけれど、イイズナの姿《すがた》のほうがはっきり視《み》えるので迷《まよ》わなくていいらしい。あと、お腹《なか》が空《す》いて突然《とつぜん》変身してしまう可能性《かのうせい》もあるからだろう。

イイズナくんはわたしたちの少し前にふわりと浮《う》いて、すいすいと泳ぐように案内する。たまに猫《ねこ》をじっと見つめて、左右を確認《かくにん》しながら。そのあいだ、ミッチー先輩《せんぱい》は心底不思議そうに真剣《しんけん》な表情《ひょうじょう》でイイズナくんを見つめていた。

学校を出て、しばらくはイイズナくんの家の方向に進んでいたが、途中《とちゅう》で横道に入る。それから二十分ほど歩き続けているけれど、まだ、辿《たど》り着《つ》かない。

3. イイズナくんに今日は、天敵《てんてき》

このあたりはわたしもはじめて来る場所だ。真新しさのない、趣《おもむき》のある比較的《ひかくてき》大きめの一軒家《いっけんや》が並《なら》んでいて、高くそびえ立つようなマンションはない。あっても二階、ないしは三階建てのメゾネットばかりだ。

そばにある公園からは、小学生たちの笑い声が聞こえてきた。どこからかおいしそうなご飯《はん》の匂《にお》いがして、お腹《なか》が空《す》いてくる。

「なあ、今気づいたけど、そもそも徒歩で行ける距離《きょり》なのか？」

「そ、そういえばそうですね！」

あまりに自信満々にイイズナくんが連れていってくれるので失念していた。焦《あせ》るわたしを見て、式部《しきべ》先輩《せんぱい》が「大丈夫《だいじょうぶ》だよ」と笑う。

「遠い場所との縁《えん》は空に向かってるんだって昔、聞いたことがあるから」

「……空に」

上を指差す先輩《せんぱい》につられて頭上を仰《あお》ぐ。

想像《そうぞう》すると、改めてイイズナくんの目に映る世界は不思議だなあと思う。この世界に張《は》り巡《めぐ》らされた無数の縁《えん》が、飯綱《いいづな》くんには視《み》えているのだろう。

不思議だけれど、素敵《すてき》だなあ。

……でも、イイズナくんって……。

「まあ、実際《じっさい》どのくらい距離《きょり》があると、空に伸《の》びるかは知らないけど」

「えっ！」

このまま一時間も二時間も歩く羽目になるのかもしれないってこと？

イイズナくんを見ると、会話が聞こえていたのか、式部先輩《しきべせんぱい》に動物らしい鳴き声でなにやら怒《おこ》っていた。

「っていうか、本当にこっちで合ってるのかよ」

「なんでですか？」

「いや、まあ……迷子《まいご》だったらそういうものなのか。でも」

ひとりでぶつぶつとしゃべるミッチー先輩《せんぱい》に、わたしの声は聞こえていないようだった。

その直後、イイズナくんが動きを止めた。

目の前には、小さな一軒家《いっけんや》。中からは明かりが漏《も》れていて、無人ではないことがわかる。と、いうことは、家人がいなくなってしまったわけではないようだ。しかも、猫《ねこ》がにゃあっとうれしそうに鳴いた。

3. イイズナくんに今日は、天敵《てんてき》

けれど。

「なんでだよ！」

叫《さけ》んだのはミッチー先輩《せんぱい》だった。

イイズナくんはゆっくりと式部先輩《しきべせんぱい》に近づいて制服《せいふく》をくわえる。そのまま近くにあった駐車場《ちゅうしゃじょう》に入っていき、出てきたときには飯綱《いいづな》くんの姿《すがた》になっていた。

ちなみにおにぎりを頬張《ほおば》りながら。

「お前、ふざけてんのか」

ミッチー先輩《せんぱい》の睨《にら》みに、飯綱《いいづな》くんはまったく動じることなく「ふざけてない」と答える。そして、

「この家と、縁《えん》ができてる」

と、家を指差した。

ミッチー先輩《せんぱい》がどうしてこれほど怒《おこ》っているのかさっぱりわからない。

式部先輩《しきべせんぱい》も不思議に思ったのか、家の表札を見る。わたしも同じように覗《のぞ》き込《こ》むと、そこには『道元《みちもと》』と書かれていた。

道元《みちもと》、みちもと、ミッチー……って、もしかして。

「ここは、俺《おれ》の家だ」

「あんたの家なんかおれが知るわけねえだろ。縁《えん》を辿《たど》ったらここに着いた。それだけの話だ」

「そんなこと、言われても……」

ミッチー先輩《せんぱい》は猫《ねこ》をぎゅっと抱《だ》きしめる。苦しかったのか猫《ねこ》がまた鳴いた。

最悪の結果にならなくてよかった、と安堵《あんど》していいのだろうか。眉《まゆ》を下げて困《こま》ったように視線《しせん》を地面に向けるミッチー先輩《せんぱい》を見ると、わからない。

うろたえることしかできないでいると、玄関《げんかん》のドアが勢《いきお》いよく開いた。

「サバちゃん！」

猫《ねこ》の名前を口にしながら出てきたのは、ポニーテールの小さな女の子だった。

「美奈《みな》」

「あ、お兄ちゃん、おかえり！　サバちゃんも一緒《いっしょ》なの？」

この子がミッチー先輩《せんぱい》の妹のようだ。目がくりっとしていてとてもかわいらしい。

猫《ねこ》に会えたのが相当うれしいらしく、一緒《いっしょ》にいるわたしたちに気づかない様子でミッチー先輩《せんぱい》に駆《か》け寄《よ》っていく。

「ひとりのときに家の外に出るなって言っただろ」

「だって、お兄ちゃんとサバちゃんの声が聞こえたんだもん」

「それでも危《あぶ》ないだろ」

はあい、と返事をする美奈《みな》ちゃんに、ミッチー先輩《せんぱい》の声は届《とど》いていないように見えた。猫《ねこ》を十分に撫《な》で回《まわ》してから、わたしたちに気づいて「お兄ちゃんのお友だちですか？」「こんにちは」と丁寧《ていねい》にお辞儀《じぎ》をして挨拶《あいさつ》をしてくれた。

「あー……まあ、とりあえず上がれよ。狭《せま》くて古くてきたねえけど」

ガリガリと頭をかいて、仕方ないと言いたげにミッチー先輩《せんぱい》は家に招《まね》いてくれた。

ドアは引き戸で、ガタガタと音が鳴る。広い玄関《げんかん》で靴《くつ》を脱《ぬ》いで廊下《ろうか》を歩くと、ぎしぎしと不穏《ふおん》な音が足元から響《ひび》いた。

リビングに案内されると、キッチンから美奈《みな》ちゃんが人数分のアイスコーヒーを持ってきてくれる。お母さんは不在《ふざい》のようだ。

猫《ねこ》は部屋のすみでのんびりと体を伸《の》ばし毛づくろいをはじめた。猫《ねこ》がこの家に馴《な》染《じ》んでいるのがよくわかる。

「……本当にこの家と、つながってんのか？　その、縁《えん》ってやつが」

「実際《じっさい》には、妹とって感じ」

飯綱《いいづな》くんはちょっと落ち着きなくそわそわしている。猫《ねこ》を警戒《けいかい》しているのもあるだろうけれど、どこか所在《しょざい》なさげだ。

「ほら、猛《たける》。はじめて友だちの家に来たからって挙動不審《きょどうふしん》にならないで」

「ち、違《ちが》う！」

こいつはミッチー先輩《せんぱい》だ、とよくわからないことを言いながら、羞恥《しゅうち》を誤魔化《ごまか》すようにアイスコーヒーを一気に飲《の》み干《ほ》した。そして、瞬時《しゅんじ》に顔をしかめた。

……さては飯綱《いいづな》くん、苦いコーヒーが苦手なんだね。

「でも不思議だよね……まだ一週間くらいなんですよね、猫《ねこ》に会ってから」

そんな短期間で縁《えん》ができるなんて。もちろん、縁《えん》に時間は関係ないらしいし、猫《ねこ》や美奈《みな》ちゃんを見れば仲がいいのはよくわかるのだけれど。

「おかしすぎるだろ。なんでだよ」

「なんでっておれに言われても」

「猛《たける》は視《み》ることしかできないから。でも、猛《たける》が視《み》たなら間違《まちが》いないと思いますよ」

飯綱《いいづな》くんをフォローするように、式部先輩《しきべせんぱい》がやさしく言う。

　不思議だけれど、飯綱《いいづな》くんがウソをつく理由がない。なにより、飯綱《いいづな》くんがミッチー先輩《せんぱい》の家を知っていたとは考えにくい。

　ミッチー先輩《せんぱい》もきっとわかっている。疑《うたが》っているわけじゃない。

「……見てわかると思うけど、俺《おれ》の家は……そんなに金があるわけじゃねえ。おかんが看護師《かんごし》の仕事をしながら、ひとりで俺《おれ》と美奈《みな》を育ててくれてる。だから、猫《ねこ》を飼《か》う余裕《よゆう》なんてねえんだよ」

　美奈《みな》ちゃんに聞こえないようにしているのか、ミッチー先輩《せんぱい》の声は小さい。

「そうでなくても、おかんに迷惑《めいわく》はかけたくねえ」

　美奈《みな》ちゃんは、部屋から持ってきたらしい別の首輪を猫《ねこ》につけている。そこには、ミッチー先輩《せんぱい》のスマホについていたストラップと同じようなフェルトで作られたなにかがぶら下がっていた。

　妹の手作りストラップを、大事にしている人。

　飯綱《いいづな》くんはそのストラップとミッチー先輩《せんぱい》に縁《えん》が視《み》えると言っていた。

　見かけは怖《こわ》いけれど、家族を大切にするやさしい人だ。だから、困《こま》っている。

「美奈《みな》と縁《えん》があるっていうなら、俺《おれ》はなんとかしてやりたい。俺《おれ》だって多少なりともサバに愛着はある。でも、どうすることもできねえんだ」

「どうにかして飼《か》う方向では考えられねえの？」

「それができたらとっくにしてるよ」

ミッチー先輩《せんぱい》は、飯綱《いいづな》くんの言葉に間髪《かんはつ》をいれずに答えて顔を歪《ゆが》ませる。

空になったコップに触《ふ》れながら、飯綱《いいづな》くんが「おれの意見は無責任《むせきにん》かもしれないけど」と前置きをして話を続けた。

「別に、縁《えん》があるからってそれにとらわれる必要はないと思う。親友だったとしてもケンカ別れすることもあるし、大事なものを壊《こわ》してしまうこともあるし。縁《えん》は運命とかそんな大層《たいそう》なもんじゃねえからな」

「だったら」

「だからこそ、思うんだよ。偶然《ぐうぜん》出会った瞬間《しゅんかん》につながったものでも、長い時間をかけたものでも、絶対《ぜったい》じゃない。なんにでも縁《えん》ができるわけでもないし、縁《えん》がないからってなにもつながっていないわけでもない。よくわかんねえ、不確《ふたし》かなものだ」

だから。

「よくわかんないけど、せっかくの縁《えん》だから、自ら切るのはもったいないねえ」

「なんだよ、それ」

「滅多《めった》にない奇跡《きせき》みたいな出会いだと思えば、手放すのは惜《お》しいだろ」

ミッチー先輩《せんぱい》は、なにも言わずに唇《くちびる》を噛《か》み締《し》める。そして、猫《ねこ》に笑顔《えがお》を向ける美《み》奈《な》ちゃんを一瞥《いちべつ》して俯《うつむ》いた。

「まあ、どうしても無理ならおれの家で飼《か》ってもいいけど」

思いがけない飯綱《いいづな》くんのセリフに、みんなが「え?」と顔を上げて視線《しせん》を向ける。さすがに式部先輩《しきべせんぱい》も目を丸くしている。

「飯綱《いいづな》くん、猫《ねこ》、苦手なんじゃないの?」

「苦手じゃねえ、嫌《きら》いなんだ!」

どう違《ちが》うのかわからないけれど、どっちにしても問題なのでは。

「ただ、おれの家は広いし、おれ以外はみんな動物好きだからな。別になんとでもなるだろ。ただ、犬もいるし、その猫《ねこ》がどう思うかは知らねえ」

いやな予感を感じたのか、猫《ねこ》がぎろりと飯綱《いいづな》くんに鋭《するど》い視線《しせん》を向ける。飯綱《いいづな》くんは対抗《たいこう》するように猫《ねこ》を睨《にら》みつけた。

「でも、これは最終手段《しゅだん》だ」

「な、なんでだよ」

「妹、まだ納得《なっとく》してねえんじゃねえの?」

くいっと顎《あご》で美奈《みな》ちゃんを指す。

猫《ねこ》と遊んでいる美奈《みな》ちゃんは、溺愛《できあい》しているのがひと目でわかるくらい幸せそうに目尻《めじり》を下げている。玄関《げんかん》の外から猫《ねこ》の鳴き声が聞こえただけで家を飛び出してくるくらいだ。本当は、一緒《いっしょ》に暮《く》らしたいのだろう。

「美奈《みな》ちゃん、元の飼《か》い主《ぬし》や、新しい飼《か》い主《ぬし》を探《さが》すこと、いやがってるんですか?」

「……いやがってるっていうか、その」

「だからあんた、学校に猫《ねこ》をかくまったんだろ。本気で飼《か》い主探《ぬしさが》してるなら、もっと手当《てあ》たり次第《しだい》に声かけるだろ。妹のためならあんたはそのくらいするはずだ」

図星だったのか、ミッチー先輩《せんぱい》はなにも言わなかった。

「ただいまあ」

しばらく無言でいると、玄関《げんかん》から声が聞こえてきてミッチー先輩《せんぱい》が立ち上がる。

そして、美奈《みな》ちゃんがいち早く、ぱたぱたと玄関《げんかん》に向かった。

「あれ? 友だち? ちょっと連絡《れんらく》しておいてよー! ごめんね、ゆっくりしてっ

3. イイズナくんに今日は、天敵《てんてき》

ていいからね。あ、今お菓子《かし》出すわ！」

ミッチー先輩《せんぱい》と目元がよく似《に》ているショートカットの女性《じょせい》が部屋に入ってくる。

「こちらこそ突然《とつぜん》すみません。お構《かま》いなく」

式部《しきべ》先輩《せんぱい》が優等生《ゆうとうせい》スマイルを向ける。慌《あわ》ててわたしと飯綱《いいづな》くんも頭を下げ「お邪《じゃ》魔《ま》しています」とあとに続いた。

「っていうか！　あんたまた猫《ねこ》拾ってきたの？」

「違《ちが》うよ！　前のサバちゃんだよ！」

部屋のすみでのんびりしていた猫《ねこ》が、大声にびくりと体を震《ふる》わせて目をまんまるにした。猫《ねこ》をかばうかのように、美奈《みな》ちゃんがあいだに入る。

「もう、無理だって言ったでしょ。ママは仕事で世話できないんだから。それに、生き物は軽い気持ちで飼《か》っちゃいけないの」

はあーっと大きなため息をついたミッチー先輩《せんぱい》のお母さんに、美奈《みな》ちゃんが涙《なみだ》で瞳《ひとみ》を濡《ぬ》らしはじめる。それでもこぼれないように必死に我慢《がまん》しているのか、奥歯《おくば》をぎゅっと噛《か》むのがわかった。

割《わ》って入るわけにもいかず、わたしたちはできるだけ息を潜《ひそ》める。

美奈《みな》ちゃんの味方につきたいけれど、ミッチー先輩《せんぱい》のお母さんが言っている意味もわかる。

「だって」

「だってじゃないでしょう。かわいいってだけじゃダメなのよ」

「……俺《おれ》が、面倒《めんどう》見る！」

テーブルに視線《しせん》を落とした状態《じょうたい》で、ミッチー先輩《せんぱい》が声を出した。

「ちゃんと俺《おれ》が面倒《めんどう》見るし、おかんに苦労はさせない。高校生になったらバイトもするから、負担《ふたん》もかけない。だから、うちで飼《か》えないか？」

体をくるっと回転させて、ミッチー先輩《せんぱい》はお母さんに向き合った。

そばにいる美奈《みな》ちゃんは、こらえきれなかった涙《なみだ》をぼろぼろとこぼしている。そんな彼女《かのじょ》のそばに、こっそりと近づいた。

「美奈《みな》ちゃんは、どうしたい？」

美奈《みな》ちゃんの潤《うる》んだ瞳《ひとみ》に、わたしの顔が映《うつ》った。

「美奈《みな》ちゃんも、お母さんに自分の気持ちを伝えてみたらどうかな？」

うまくいくかはわからない。

でも、気持ちを伝えるくらいはいいはずだ。

きっと、美奈《みな》ちゃんもやさしい子だ。反対されて、飼《か》いたいと強く言えず我慢《がまん》していたのかもしれない。ミッチー先輩《せんぱい》はそのことに気づいていたはず。でも、母親の言うこともわかるから、板挟《いたばさ》みになって悩《なや》んでいたのだろう。

ぶつかっても無理なことはある。でも、なにも言わずに諦《あきら》めるよりずっといいはずだ。悲しみは残っても、想《おも》いを伝えることで猫《ねこ》のために動く力を与《あた》えてくれるかもしれない。

もしも無理だった場合、またみんなで考えよう。飯綱《いいづな》くんの提案《ていあん》もある。わたしのおじいちゃんが猫《ねこ》を飼《か》ってもいいと言うかもしれない。そうしたら、わたしがおじいちゃんの家に通って世話をすることもできるかも。

「ね？」

肩《かた》に手をのせると、美奈《みな》ちゃんはこくんとうなずいてからお母さんに近づいた。

「美奈《みな》も、ちゃんとお世話する。いい子にするし、宿題もちゃんとする」

「……なんなのよ急に」

ミッチー先輩《せんぱい》と美奈《みな》ちゃんの真剣《しんけん》な眼差《まなざ》しに、お母さんが額《ひたい》に手を当ててうなだれた。脱力《だつりょく》したのか「もうー」とつぶやきながら手にしていたカバンを床《ゆか》に落とす。そして腹《はら》をくくったかのように勢《いきお》いよく顔を上げて腰《こし》に手を当てた。

「あんたの部屋で飼《か》うなら、許《ゆる》す！」

その言葉に、ミッチー先輩《せんぱい》と美奈《みな》ちゃんだけでなく、わたしたちにも笑顔《えがお》がこぼれた。

結局、あれから一時間ほどミッチー先輩《せんぱい》の家で過《す》ごした。というか、ミッチー先《せん》輩《ぱい》がお母さんに叱《しか》られるのを見守った。

まだ日は沈《しず》んでいないけれど、キレイな夕日があと数分で夜になることを示《しめ》している。湿気《しっけ》を感じる生ぬるい風からは、夏の匂《にお》いがした。

時間も遅《おそ》くなったので先輩《せんぱい》の家から比較的《ひかくてき》近い飯綱《いいづな》くんの家に立《た》ち寄《よ》り、そこからわたしの家まで車で送ってもらえることになった。申《もう》し訳《わけ》ないからと一度は辞退《じたい》したのだけど、ひとりで帰らせたらおれが怒《おこ》られる、と飯綱《いいづな》くんに押《お》し切《き》られた。

本音では、ここからまた歩いて家に戻《もど》るのも疲《つか》れるな、とちょっと思っていたので、すごくありがたい。

「……ミッチー先輩《せんぱい》、ちょっと考えすぎなんじゃねえの？」

飯綱《いいづな》くんが肩《かた》を回しながらぼやく。

「猛《たける》といい勝負だよね」

「おれはあそこまでひどくねえぞ」

ふたりの会話にくすくすと笑った。

飯綱《いいづな》くんが言いたくなる気持ちもわかる。シングルマザーのお母さんに苦労させたくないとか、猫《ねこ》のお世話が金銭的《きんせんてき》に負担《ふたん》になるとか、ミッチー先輩《せんぱい》は考えていたみたいだけれど、それはお母さんによってきっぱりと否定《ひてい》されていた。看護師《かんごし》の仕事を舐《な》めるなと叱《しか》られ、子どものくせに生意気だと笑われ、猫《ねこ》くらい養える程度《ていど》には働いてるわよ！　と説教をされたのだ。

ミッチー先輩《せんぱい》は、お母さんを大事に思っているんだろう。なにやら制服《せいふく》が擦《す》り切《き》れているのも、ミッチー先輩《せんぱい》が勝手に気を利《き》かせて近所の人のお下がりをもらったからだという。過去《かこ》の話も交えて、ミッチー先輩《せんぱい》はお母さんに散々叱《しか》られていた。

学校でのミッチー先輩《せんぱい》とは別人かと思うほど小さく縮《ちぢ》こまる姿《すがた》をなるべく見ないように、わたしたちはずっと俯《うつむ》いていた。

「いいお母さんだよね。美奈《みな》ちゃんもかわいかったし。素敵《すてき》な家族だった」

「妹、兄貴《あにき》が叱《しか》られているあいだずっと猫《ねこ》と遊んでたな」

「……それほどうれしかったんだよ」

最後には三人で仲良く笑っていたし、猫《ねこ》を見て和《なご》んでいた。ミッチー先輩《せんぱい》の部屋でだけ猫《ねこ》を飼《か》うと約束していたけれど、そうはならないんじゃないかな。猫《ねこ》を見て目尻《めじり》を下げているお母さんの姿《すがた》を思い出しなんとなくそう感じた。

「あー、疲《つか》れた。あいつにいろいろバレるし今日は散々だったな」

舌打《したう》ち混《ま》じりの飯綱《いいづな》くんは、相当お腹《なか》が空《す》いたらしく、カバンからご飯《はん》を取り出した。それをあっという間に平らげる。

「ねえ、飯綱《いいづな》くん。本当は違《ちが》う縁《えん》も見えたんじゃないの？」

「……な、なんで？」

やっぱりそうだったんだ、と飯綱《いいづな》くんの動揺《どうよう》で確信《かくしん》する。

「ひとつしか縁《えん》がなかったら、道を確認《かくにん》しながら進まないんじゃないかなって」

たぶん、サバは迷子《まいご》の猫《ねこ》ではなかったのだろう。それが視《み》えていれば、飯綱《いいづな》くんは、ミッチー先輩《せんぱい》やその妹よりも飼《か》い主《ぬし》との縁《えん》を優先《ゆうせん》したはずだ。

けれど、そうしなかった。

「あの猫《ねこ》……飼《か》い猫《ねこ》にしてはやせ細ってたし、ところどころ毛がはげてた。たぶん、あんまりいい環境《かんきょう》で育てられてなかったと、思う」

体が小さいのも、満足にご飯《はん》を食べていないせいだ。他にも傷《きず》があったかもしれない。野良猫《のらねこ》の期間が長かったからかとも考えたけれど、それにしては幼《おさな》い。触《ふ》れようとしたとき、一瞬《いっしゅん》だけだけれどびくついていたものの人慣《ひとな》れしていた。

「そうじゃない可能性《かのうせい》ももちろん、あったけど」

飯綱《いいづな》くんがミッチー先輩《せんぱい》の家への縁《えん》を辿《たど》ったことがわかったときに、もしかして、と思ったのだ。

「……まあ、言葉はわからなくても、イイズナになったらわかることもあるからな」

肩《かた》をすくめて、飯綱《いいづな》くんが答えた。

やっぱり、気づいていたんだ。だから、慎重《しんちょう》に、確実《かくじつ》なものを辿《たど》ったに違《ちが》いない。

あらゆる可能性《かのうせい》があることを示唆《しさ》していたのは、万が一のため。

ミッチー先輩《せんぱい》も、猫《ねこ》も、傷《きず》つけないために。

「でも、なんでわかったの？　いくつも視《み》えたなら、どれがミッチー先輩《せんぱい》との縁《えん》かわからないよね？」

「たまたまだよ。たまたま一番あたたかい感じのするやつを辿《たど》ったんだよ」

「そんなことまでわかるの？　でも、それに気になってたんだけど、栞《しおり》のときはどこにあるのかわからないって言ってたのに、なんで今回はすぐ見つけられたの？」

しかも、イイズナに変身する前から、すべてわかっていたように思える。

「うるせえな、知らねえ。忘《わす》れた」

ぷいっとそっぽを向いて、飯綱《いいづな》くんは歩く速度を速めた。

「春日《かすが》ちゃん、たぶんだけどね」

隣《となり》に並《なら》んだ式部《しきべ》先輩《せんぱい》がわたしに耳打ちをした。

「猛《たける》の力、前より強くなってるよ」

「……え？」

「春日《かすが》ちゃんの、おかげだろうね」

以前の飯綱《いいづな》くんであれば、出会って数日の、しかも猫《ねこ》と人の縁《えん》を、人の姿《すがた》で感じることはできなかったはずだろうと。いくつもの縁《えん》から、ミッチー先輩《せんぱい》と猫《ねこ》、そして猫《ねこ》と妹という似《に》た縁《えん》を見極《みきわ》めて辿《たど》ることも。

けれど今の飯綱《いいづな》くんは、滅多《めった》にない、奇跡《きせき》みたいな縁《えん》を見つけられた。

「春日《かすが》ちゃんと猛《たける》の縁《えん》ができたことで、力が強くなってると思うよ」

そっか。そうなんだ。

わたしが飯綱《いいづな》くんと出会ったことも、飯綱《いいづな》くんがミッチー先輩《せんぱい》と出会ったことも、今日のことも、飯綱《いいづな》くんにとっての縁《えん》になっているのかな。

そうだといいな。

◇

「なんでだよー！　飯綱《いいづな》からも言ってくれよ！」

次の日、教室に入ってきた真佐《まさ》くんは涙目《なみだめ》で飯綱《いいづな》くんの席に駆《か》け寄《よ》り、すがった。

「な、なんだよ！」

「またトイレが荒《あ》らされてたんだよ！　一緒《いっしょ》にちゃんと掃除《そうじ》したよなー！」

真佐《まさ》くんの叫《さけ》びに、わたしが「あ」と声をこぼす。

そういえば、昨日飯綱《いいづな》くんと猫《ねこ》が格闘《かくとう》したあと、トイレを片付《かたづ》けるのを忘《わす》れていた。もとはといえば、真佐《まさ》くんの容疑《ようぎ》を晴らすことが目的だったのに。

「……あ？　あ！　あ、ああ」

「なんでそんな返事するんだよ！　一緒《いっしょ》に掃除《そうじ》しただろー！」

飯綱《いいづな》くんも今思い出したらしい。

飯綱《いいづな》くんが返事まで間を空《あ》けたことで、真佐《まさ》くんの犯人《はんにん》説が深まってしまったらしい。

たぶん、ふたりは今日も一緒《いっしょ》にトイレ掃除《そうじ》をするだろう。明日、なんの問題もなかったことで、真佐《まさ》くんは飯綱《いいづな》くんに抱《だ》きつくはずだ。

天敵《てんてき》も縁《えん》のひとつ、なのかもしれないね、飯綱《いいづな》くん。

4. イイズナくんと過去《かこ》を、結ぶ

おじいちゃんの家は、木造《もくぞう》の小さな平屋建てだ。

昔ながらの縁側《えんがわ》があり、そこから見えるのは花壇《かだん》がひとつあるだけの庭。灰色《はいいろ》のコンクリート塀《べい》の先にあるお隣《となり》さんの家から、犬の鳴き声が聞こえてくる。数メートル先にある公園に向かう途中《とちゅう》なのか、小学生男子の笑い声もかすかに届《とど》いた。

音があるのに、おじいちゃんの家は静寂《せいじゃく》に包まれている、といつも思う。

そこに、スマホのアラーム音が弾《はじ》けた。

「はい、ここまででーす」

ぱたん、と文庫本を閉《と》じると、ソファに体を沈《しず》めていたおじいちゃんが「えー」と子どものように口を尖《とが》らせた。

本を読むのは一日三十分まで。それがわたしとおじいちゃんの約束だ。

今、おじいちゃんのために音読しているのは時代小説。といっても歴史的なもの

ではなく、貧乏《びんぼう》長屋に住んでいる町人が様々な人を助けるというお話で、わたしにも読みやすい。

「続き気になるのになあ……」

「週末、また来るから待ってて」

拗《す》ねたようにつぶやくおじいちゃんに、くすくすと笑ってしまう。

おじいちゃんは約一年半前に脳《のう》の病気で倒《たお》れてから、左半身がうまく動かせなくなってしまった。ひとりで生活できる程度《ていど》の後遺症《こういしょう》なので、今は家でひとり暮《ぐ》らしをしていて、家事に関しては週に三回、ヘルパーさんに頼《たの》んでいる。手足と同じく舌《した》も動かしづらいようだけれど、聞き取りにくいほどではない。

まだ六十五歳《さい》。病気のせいでずいぶん痩《や》せて小さくなってしまったとはいえ、まだまだ元気だ。意識《いしき》ははっきりしているし耳が遠くなったということもない。目が悪いのは老眼《ろうがん》のせいだし。

おじいちゃんが倒《たお》れるまでは、学校が終わると放課後はここに帰ってきてお母さんが迎《むか》えにきてくれるのを弟と待っていた。わたしが中学校に進学し、授業《じゅぎょう》が終わる時間が遅《おそ》くなってしまったことや、弟の夏樹《なつき》もひとりで家で留守番《るすばん》ができるようになったこともあり、ここに来るのは週に二回ほどになってしまった。それでも、土曜日の朝は、必ずおじいちゃんと過《す》ごす。昔も、入院中も、今も、ずっと変わらないわたしの習慣《しゅうかん》だ。

「今日は昼から夏樹《なつき》が来るって言ってたよ。クラブ終わったら顔を出すって」

「忙《いそが》しいんだから、無理しなくてもいいんだぞ」

「おじいちゃんに会いたいんだよ」

この家で過《す》ごした時間が長かったからだろう。姉弟《してい》そろっておばあちゃん、おじいちゃんっ子なのだ。小学五年生から通いはじめたサッカークラブの練習が忙《いそが》しくなっても、夏樹《なつき》は時間を見つけて顔を出す。

「春日《かすが》は、最近学校はどうだ？」

ふうーっと息を吐《は》き出《だ》して、おじいちゃんがいつもの質問《しつもん》をわたしにする。

「んー、特には。あ、部活が決められなくて困《こま》ってることかな」

「迷《まよ》っているものがあるなら、行動しなさい」

いつもの口癖《くちぐせ》に「うん」と返事をしながら、迷《まよ》うべきものすらないときはどうしたらいいのかなあと考える。

「おじいちゃんは、縁《えん》って信じる?」

「どう、だろうなあ」

「この前話した飯綱《いいづな》くんっていうクラスメイトが、縁《えん》はあるよって」

さすがにその飯綱《いいづな》くんがイイズナに変身することは言っていない。きっと信じてもらえないだろうし、「なに言い出すんだ」とびっくりして倒《たお》れてしまうかもしれない。

「誰《だれ》かと、なにかとつながってるって、すごいことだよね」

文庫本を再《ふたた》び開いて、金色の栞《しおり》を見つめる。

わたしともつながっているこれは、おじいちゃんともつながっているのかな。そう思うと、前よりもずっと、この栞《しおり》が特別なものに思える。

「目に見えないものを信じて、胡座《あぐら》をかいちゃダメだぞ」

おじいちゃんの声からは、わたしを心配しているのがわかった。同時に、まるで自分に言い聞かせているようにも感じた。

目を合わせると、今にも泣きそうな顔で笑う。

「迷《まよ》ったときは、自分を安心させずに動きなさい」

4. イイズナくんと過去《かこ》を、結ぶ

おじいちゃんはいつだって同じことを言う。

行動しなさい。動きなさい。自分が勇気を必要とするほうを選びなさい。

「立ち止まっていると、後悔《こうかい》も同じようにずっとその場に残ることになるからな」

うん、と返事をしながらおじいちゃんの背後《はいご》にある小さなキャビネットの上に視《し》線《せん》を向けた。そこには、おじいちゃんの趣味《しゅみ》である囲碁《いご》の本と、猫《ねこ》の写真集。隣《となり》にはわたしと弟の小さいころの写真がいくつか飾《かざ》られている。

写真立てのひとつだけが、不自然に裏返《うらがえ》しになっていた。

まるで、見ちゃいけないもののように。


昼から飯綱《いいづな》くんの家を訪《たず》ねると、今まで以上に激《はげ》しい歓迎《かんげい》を受けた。

「よく来たね春日《かすが》ちゃん！」

「猛《たける》に！　こんなにたくさん友だちができたなんて！」

「信じられない！　奇跡《きせき》だ！」

おばさんは歓喜《かんき》の声をあげて、お姉さんは大きく口を開けて笑いながらわたししたちを撫《な》で回《まわ》す。そしてお兄さんは涙《なみだ》を浮《う》かべていた。前回会えなかった社会人だというお姉さんは、顔立ちこそクールビューティーな雰囲気《ふんいき》の二番目のお姉さんと似《に》ているのに、どこか儚《はかな》げな印象を受ける。けれど、わたしたちと一緒《いっしょ》にいる飯綱《いいづな》くんを見た反応《はんのう》はみんなと同じで、「この目で見るまで信じられなかった！」と飯綱《いいづな》くんを抱《だ》きしめた。

「やめろ！　大げさなんだよ！」

そんな家族を見て飯綱《いいづな》くんは牙《きば》を剥《む》くけれど、後ろにいた式部先輩《しきべせんぱい》に「いたって普通《ふつう》の反応《はんのう》だよ」と言われている。

そして、わたし以上に驚《おどろ》きを隠《かく》せないのが、千秋《ちあき》ちゃんと真佐《まさ》くん、そしてミッチー先輩《せんぱい》だ。はじめて飯綱《いいづな》家を訪《おとず》れた三人は、家族の意外すぎる反応《はんのう》にぽかんと口を開けたままお姉さんとお兄さんに抱《だ》きつかれている。普段《ふだん》の飯綱《いいづな》くんを知らない美奈《みな》ちゃんだけが、大きな家を見てはしゃいでいる。

「にしても、一ヶ月前には予想もしていなかったメンバーだよねえ」

「賑《にぎ》やかになりましたね」

家族に声を荒《あら》らげていた飯綱《いいづな》くんをからかうことに飽《あ》きたのか、式部先輩《しきべせんぱい》がわた

4. イイズナくんと過去《かこ》を、結ぶ

しの隣《となり》に並《なら》んで苦笑《くしょう》した。

みんなの様子を眺《なが》めながら、わたしはふふっと笑って答える。


飯綱《いいづな》くんの家に行くことが決まったのは、昨日、金曜日のお昼休みのことだ。

七月に入り、暑い日が続くようになってきた。東校舎《こうしゃ》の空《あ》き部屋には当然クーラーがなく、この先ぐんぐん気温が上がると熱中症《ねっちゅうしょう》になりかねない。いい場所を探《さが》さなければ。


「どこか開いてる部室とかないかなあ」

「帰宅部《きたくぶ》に貸《か》してくれる部室なんかねえだろ」

ぐでえっと机《つくえ》の上にのびながらつぶやくと、飯綱《いいづな》くんが諦《あきら》めたように言った。

東校舎《こうしゃ》の一階は、文化部の部室が集まっている。そこには冷暖房器具《れいだんぼうきぐ》がそろっているらしい。もちろん教室にもあるけれど、飯綱《いいづな》くんが安心して過《す》ごせないので選《せん》択肢《たくし》から除外《じょがい》されている。

「調理実習室とか理科実験室や音楽室なんかも、放課後は部室として使われてますよね」

「そうだね。また視聴覚室《しちょうかくしつ》をこっそり使用するしかないかな」

「勝手にエアコン使っていいのかよ」

「別にバレはしないと思うけど、絶対《ぜったい》じゃないしリスクは高いかもね」

式部先輩《しきべせんぱい》の案に、じゃあダメだろ、と飯綱《いいづな》くんも机《つくえ》に突《つ》っ伏《ぷ》した。その額《ひたい》にはうっすらと汗《あせ》が浮《う》かんでいる。

窓《まど》から入ってくるそよ風だけが命綱《いのちづな》だ。

ふわっと舞《ま》い込《こ》んできたぬるい風に、三人同時にはあっと息を吐《は》き出《だ》した。

「かき氷食べたいなあ……ふわっふわの」

七月でこの暑さ。この先どうなってしまうのか。

目をつむって脳裏《のうり》にいちごシロップのかかったかき氷を思《おも》い浮《う》かべる。少し涼《すず》しくなったような気もするし、より一層《いっそう》暑くなったような気もする。

「家で作れば？」

「そういうことじゃなくてー。それにわたしの家ではあのふわふわかき氷はできないし。ガリガリのジャリジャリだもん」

あれはあれでおいしいけれど。

「あれって氷屋さんから仕入れるようなキレイな氷じゃないとできないんだよね。削《けず》るのもそれに合わせたやつじゃないと無理だしねえ」

「そう！　そうなんですよ！」

「じゃあ、おれの家に来るか？」

さすが式部先輩《しきべせんぱい》、わかってるなぁと思ったら、意外な方向から意外なセリフが聞こえてきた。「へ？」とまぬけな声を出すと、飯綱《いいづな》くんは「べ、別にいらねえならいいけど！」と慌《あわ》ててそっぽを向いてしまった。

「いや、食べたい！　食べたいです！」

はっとして食いつくものの、飯綱《いいづな》くんは警戒心《けいかいしん》をあらわにした猫《ねこ》みたいにじっとわたしを見つめる。たぶん、わたしの発言が気を遣《つか》っているのかそうでないのかを見極《みきわ》めようとしているのだろう。

「それいいじゃん。猛《たける》の家には立派《りっぱ》なかき氷機があるし、氷屋さんの知り合いもいるし。猛《たける》の家のかき氷、おいしいよー。シロップも自家製《じかせい》で」

「え、すごい！　食べたい食べたい！」

そんなの食べたことない。

最近はおしゃれなカフェでおいしそうなかき氷をよく見かけるけれど、千円以上、下手したら二千円近いものが多く、月のお小遣《こづか》いが三千円のわたしにとっては、なかなか手が出ない高級品だ。

「猛《たける》、甘《あま》い物大好きだから、他にもおばさん手作りのおいしいお菓子《かし》がたくさん出てくるんじゃないかなあ」

「いいなあー！　前に行ったときのお菓子《かし》もおいしかった！」

「そこまで言うなら、いいけど？」

放課後に立《た》ち寄《よ》ることもできたけれど、せっかく行くならゆっくり涼《すず》もうということで、土曜日の午後からお邪魔《じゃま》することになったのだ。


「だいたい、なんで真佐《まさ》たちまでいるんだ」

家の玄関《げんかん》で、飯綱《いいづな》くんの家族から熱烈《ねつれつ》な歓迎《かんげい》を受けたあと、部屋に入るなり飯綱《いいづな》くんに言われてしまった。

4. イイズナくんと過去《かこ》を、結ぶ

「昨日の帰りに千秋《ちあき》ちゃんと真佐《まさ》くんに話したら行きたいって言われちゃって」

「……こいつは？」

「俺《おれ》は先輩《せんぱい》なんだけど？」

親指をミッチー先輩《せんぱい》に向けると、すかさずミッチー先輩《せんぱい》は飯綱《いいづな》くんを睨《にら》んだ。とはいえ、そばに美奈《みな》ちゃんがいるからか、学校で見せるほどの威圧感《いあつかん》はない。

「あ、オレが誘《さそ》ったー」

答えたのは真佐《まさ》くんだ。

おじいちゃんの家を出ると、一旦《いったん》帰宅《きたく》してご飯《はん》を食べてから再《ふたた》び出かけた。

自転車に乗って約束していた真佐《まさ》くんを迎《むか》えにいき、次に千秋《ちあき》ちゃんの家に寄《よ》った。学校を通《とお》り過《す》ぎて飯綱《いいづな》くんの家に向かう途中《とちゅう》、妹の美奈《みな》ちゃんとふたりで歩いているミッチー先輩《せんぱい》に偶然《ぐうぜん》出会ったのだ。

「春日《かすが》さん！」とわたしに気づいた美奈《みな》ちゃんが駆《か》け寄《よ》ってきて、ミッチー先輩《せんぱい》が渋《しぶ》い顔をして「よ」と声をかけてきた。その様子に千秋《ちあき》ちゃんと真佐《まさ》くんは驚《おどろ》いた。

「飯綱《いいづな》といい、ガラの悪い先輩《せんぱい》といい、最近の西島《にしじま》の交友関係どうなってんだ」と聞かれたくらいだ。

ただ、美奈《みな》ちゃんはかわいい。

美奈《みな》ちゃんは猫《ねこ》のサバとの生活がいかに楽しいか、うれしそうに語ってくれた。たった数日でお母さんもサバにめろめろになってしまい、リビングも自由に動き回れるようになったようだ。実際《じっさい》、今日は仕事が休みのお母さんがサバの様子を見ていてくれるそうで、ふたりは散歩ついでにサバの玩具《おもちゃ》などを買いにいくところだったという。

そんなかわいい子に「どこ行くの？」と聞かれたら当然「飯綱《いいづな》くんの家にかき氷食べに行くんだよ」と素直《すなお》に答えるし、「いいなあ、美奈《みな》も食べてみたい」と言われたら「一緒《いっしょ》に行こうよ！」と真佐《まさ》くんが誘《さそ》ってしまうのも無理はない。

美奈《みな》ちゃんがうれしそうな顔をするので、ミッチー先輩《せんぱい》も断《ことわ》れなかったのだ。

「内緒《ないしょ》にして驚《おどろ》かせよーと思って！」

サプライズ成功！　と言いたげに真佐《まさ》くんが親指を立てた。

とはいえ、なにも言わずにお邪魔《じゃま》するのもどうかと思い、念のため、式部先輩《しきべせんぱい》には連絡《れんらく》を入れたのだけれど。先輩《せんぱい》の返事は「大丈夫《だいじょうぶ》だよ」「僕《ぼく》は先に向かって、驚《おどろ》く猛《たける》を動画で撮《と》っておこう」というものだった。

「お前結構《けっこう》イメージと違《ちが》うんだな」

ぷくく、とミッチー先輩《せんぱい》が笑うと、飯綱《いいづな》くんは瞬間湯沸《しゅんかんゆわ》かし器《き》みたいに顔を紅潮《こうちょう》させて、「な、なにがだよ！」とつっかえながら声を荒《あら》らげた。けれど、もうみんなその声に驚《おどろ》いたり怖《こわ》がったりはしない。

「たしかにー、友だちいらないのかと思ってましたよねー！」

「シャイなんだよなあ、飯綱《いいづな》は」

「気が弱いんだよ、猛《たける》は。この顔で」

「顔は関係ねえだろ！」

「目は怖《こわ》いけど、美奈《みな》は好きだよー」

部屋の中に笑い声が響《ひび》く。

「飯綱《いいづな》がこんなキャラだって知ってたら、小学校でも友だちになったのにさあ」

千秋《ちあき》ちゃんがケラケラと笑い、飯綱《いいづな》くんの肩《かた》をばしばしと叩《たた》いた。

「てっきり人とつるむの嫌《きら》いなのかと思ったよなあ」

「真佐《まさ》くんは入学してすぐに怒鳴《どな》られてたしね」

「あ、あれは！　おれみたいなのと話したらめんどくさいことになるだろ！」

飯綱《いいづな》くんのそのセリフに、みんなはまたどっと笑う。どうして笑われているのか飯綱《いいづな》くんにはわからないらしく、「なんなんだよ！」と立ち上がった。

ただ、口調は怒《おこ》っているのに、ずっと頰《ほお》が緩《ゆる》んでいる。

「賑《にぎ》やかねえ」

引き戸を開けた飯綱《いいづな》くんのお母さんが、うれしそうに顔を綻《ほころ》ばせた。大きなお盆《ぼん》には削《けず》られた氷が入った器《うつわ》が七つ。一緒《いっしょ》にやってきたお兄さんは両手で大きなかき氷機を持っていた。そしてお姉さんが氷。一番上のお姉さんは色とりどりの瓶《びん》が載《の》ったお盆《ぼん》。

「この部屋に式部《しきべ》くん以外の友だちがやってくる日が来るなんて……」

そう言って改めて感動を口にする家族の姿《すがた》を見ていると、飯綱《いいづな》くんがみんなにどれほど愛されているのかを実感する。

テーブルに並《なら》べられたのは、イチゴ、キウイ、桃《もも》、オレンジ、ブルーベリーのシロップ。こんなに種類があるとは思っていなかったので、思わず「うわあ」と声を漏《も》らしてしまった。おまけにあんこと練乳《れんにゅう》まである。カフェで食べるよりもずっと豪華《ごうか》になりそうだ。今度、弟の夏樹《なつき》も誘《さそ》ってあげたくなる。

4. イイズナくんと過去《かこ》を、結ぶ

「これ、式部《しきべ》は使い方わかるよな」

「あ、うん、大丈夫《だいじょうぶ》ですよ」

かき氷機を部屋のすみにある勉強机《べんきょうづくえ》に置いたお兄さんは、「たらふく食べて帰って」とわたしたちに微笑《ほほえ》んでくれた。

とりあえず一杯目《ぱいめ》は削《けず》ってきてくれたものがあるので、みんな好き好きにシロップをかけた。わたしは当然イチゴだ。

シロップには大きなイチゴも入っている。それをたっぷり氷にかけて、どきどきしながらスプーンを手にして中に入れる。くしゃみをしたら吹《ふ》き飛《と》ぶんじゃないかと思うほどふわっと軽いのがわかった。

それを、ゆっくり口に運ぶ。

ひんやりと、けれど口の中でふっと溶《と》ける氷、舌《した》に残るシロップのやさしい甘《あま》み。

「おいしいー！」

頬《ほお》に手を当てて感嘆《かんたん》の声が口から自然に溢《あふ》れた。

何杯《なんばい》でも食べることができそうだ。いや、永遠《えいえん》に食べ続けることができるかも。

千秋《ちあき》ちゃんはシロップにキウイを選び、真佐《まさ》くんはブルーベリー。ミッチー先輩《せんぱい》と美奈《みな》ちゃんはふたりともわたしと同じイチゴをかけて、みんな「おいしい」と「幸せ」を繰《く》り返《かえ》した。美奈《みな》ちゃんはそれこそ、この世で一番おいしいものを食べたかのように目を見開いていた。

かき氷だけではお腹《なか》を壊《こわ》すだろうと思ったのか、飯綱《いいづな》くんのお母さんは他にもいろんなものを部屋に届《とど》けてくれた。部屋に入ってくるたびにわたしたちを見てにこにこと目尻《めじり》を下げ、飯綱《いいづな》くんの肩《かた》を叩《たた》いて何度もうなずいている。

目の前にはクッキーにシフォンケーキにチョコレート。そして和菓子《わがし》まで。まるでバイキングのようだ。全部食べたら今日は晩《ばん》ご飯《はん》を食べられなくなってしまう。

「お菓子《かし》作りが趣味《しゅみ》なのよね」

和菓子《わがし》まで手作りなんだ……！　すごい！

毎日飯綱《いいづな》くんのためにあれだけの量のお昼ご飯《はん》を作っていることを考えても、料理が得意なんだろう。朝も夜も、大量のご飯《はん》を準備《じゅんび》しているのだろうし。

そういえば、飯綱《いいづな》くん、甘《あま》いものも好きなんだよね。

今までのお礼をなにかしたいけれど、お菓子《かし》作りはあんまり得意じゃないんだよねえ。今度、飯綱《いいづな》くんの好きなお菓子《かし》とか、教えてもらえないかなあ……なんて。

「飯綱《いいづな》くんも、食べてる？　美奈《みな》が作ってあげようか？」

「え？　え、あ、いや」

ぼんやりしている飯綱《いいづな》くんに、美奈《みな》ちゃんが言う。断《ことわ》ろうとすると、ミッチー先《せん》輩《ぱい》が「おい」と飯綱《いいづな》くんを睨《にら》んだ。

「お前、美奈《みな》のかき氷が食べられねえのかよ」

「ミッチー先輩《せんぱい》、ガラが悪いっすよ」

ぎゃははは、と真佐《まさ》くんが笑うと、千秋《ちあき》ちゃんも「怖《こわ》い先輩《せんぱい》かと思ったら妹にデレデレじゃん」とぷくくと言った。

「猛《たける》にはあーんして食べさせてあげてみたらいいよ、美奈《みな》ちゃん」

式部先輩《しきべせんぱい》は極上《ごくじょう》の笑《え》みで美奈《みな》ちゃんに提案《ていあん》する。

「やめろ！　俺《おれ》の妹になにさせせんだよ！　俺《おれ》が代《か》わりにしてやるよ！」

「ちょ、やめろ！　いらねえ！」

「猛《たける》は恥《は》ずかしがり屋《や》だなあ」

「照れてるじゃん、飯綱《いいづな》。やだあ」

千秋《ちあき》ちゃんがお腹《なか》を抱《かか》え、目に涙《なみだ》を浮《う》かべて笑う。その様子に、飯綱《いいづな》くんのお母さんは感動しているのか胸元《むなもと》で手を組んで震《ふる》えていた。

「ふふっ」

「春日《かすが》、笑ってねえで食え。っていうかお前が食いたかったんだろ」

「あ、うん。ありがと」

みんなのやりとりを眺《なが》めていると、テーブルに置かれた桃《もも》味のかき氷を飯綱《いいづな》くんに差し出された。口に入れると桃《もも》のやさしい甘《あま》さが口いっぱいに広がる。桃《もも》のかき氷なんてはじめて食べた。おいしいと言うと、飯綱《いいづな》くんは「そりゃよかった」と笑い、あれもこれも食べろとわたしに渡《わた》してくる。

「ねえねえ、春日《かすが》」

片手《かたて》にかき氷、片手《かたて》にお菓子《かし》を持った状態《じょうたい》で振《ふ》り返《かえ》ると、千秋《ちあき》ちゃんが真剣《しんけん》な表《ひょう》情《じょう》でわたしを見ていた。「どうしたの千秋《ちあき》ちゃん」と返事をすると、

「実際《じっさい》のところ、飯綱《いいづな》とどうなの？」

と聞かれて「へ」と間の抜《ぬ》けた返事をしてしまう。

「前に付き合ってるとか飯綱《いいづな》が言い出したときは冗談《じょうだん》っていうか、あたしのためにウソ言ったのかなーって思ってたんだけど」

「ああ、うん」

あれから一度も確認《かくにん》されたことがないので、信じてないだろうってことはわかっていた。彼氏《かれし》みたいな相手、って真佐《まさ》くんにも言われたし。

でも、なんで今さらそんな話になるのだろう。

お菓子《かし》をテーブルに広げて、スプーンを手にしながら首をかしげる。

「ほんとになんにもないの？」

千秋《ちあき》ちゃんは口元をわたしの耳に近づけて囁《ささや》いた。

「ウワサになってるのに、相変わらず一緒《いっしょ》にいるしさ」

「そ、それは、否定《ひてい》しても意味がなさそうだなあって思ってるだけだよ」

飯綱《いいづな》くんが変に意識《いしき》してしまったらやだなあ、と思っているのもあるけれど。

「それに、飯綱《いいづな》って春日《かすが》にだけやさしいじゃん。春日《かすが》と話してるところを見た女子が、飯綱《いいづな》への印象が変わったってキャーキャー騒《さわ》いでるんだよ」

「そう、なんだ……」

たしかに、飯綱《いいづな》くんはやさしい。

それが〝わたしにだけ〟と言われてうれしくなる。けれど、周りの女子も飯綱《いいづな》くんのやさしさに気づいたんだと思うと、少し、悔《くや》しくなった。

いや、飯綱《いいづな》くんに友だちが増《ふ》えるのはいいことだ。

わかってる、わかってる、けど。

「ふうーん」

「な、なに？」

「べっつにぃー。まあ、今はその顔が返事ってことでいいかなって」

千秋《ちあき》ちゃんはわたしの眉間《みけん》にちょんと指先を当てる。どうやら知らず知らずのうちに眉間《みけん》にシワを刻《きざ》んでいたらしい。慌《あわ》てて隠《かく》すけれど今さらだ。

「そ、そんなことないし」

「春日《かすが》のそんな真っ赤な顔はじめて見たなあー」

口にされると余計《よけい》に赤くなってしまう。

飯綱《いいづな》くんも恥《は》ずかしいとき、こんな気持ちなのだろうか。

にひひと笑う千秋《ちあき》ちゃんに顔を見られないよう、俯《うつむ》きながら必死にかき氷を口にかき込《こ》んだ。その瞬間《しゅんかん》、

「猛《たける》うううう！」

と、遠くから叫《さけ》ぶ声が聞こえてくる。

な、なに？

声のするほうを振《ふ》り返《かえ》ると同時に、バン！　と引き戸が開けられた。

「猛《たける》！　友だちが来たって？　来たって？　うわあ、本当にいるう！」

スーツ姿《すがた》のおじさんが慌《あわ》ただしく部屋に入ってきて、飯綱《いいづな》くんを抱《だ》きしめる。そして周りにいるわたしたちを見て驚愕《きょうがく》の表情《ひょうじょう》を見せた。

「やめろ！　くっつくな親父《おやじ》！」

飯綱《いいづな》くんが顔をしかめながら、お父さんの顔をぐいぐいと押《お》しのけようとする。

……これが、飯綱《いいづな》くんのお父さん。

なんとなく、お兄さんみたいに穏《おだ》やかな男性《だんせい》のイメージが脳内《のうない》でできあがっていた。お母さんの雰囲気《ふんいき》からも落ち着いた人なんじゃないだろうかと。

まったく違《ちが》うことが、秒でわかる。

飯綱《いいづな》くんのお父さんは、その後もずっとしゃべっていて、「何味食べたの？」「作ってあげた？」「このコラボレーションがいいよ！」と飯綱《いいづな》くんのそばを離《はな》れない。

うるせえ、とか黙《だま》れとか、飯綱《いいづな》くんが暴言《ぼうげん》を吐《は》いても「反抗期《はんこうき》かわいいなあ」「みんなもかわいいと思うでしょ？」とでれでれしている。

これは、予想外だ……。

目は細く吊り上《あ》がっていて、見た感じは飯綱《いいづな》くんに負けないほど怖《こわ》そうなのに、めちゃくちゃよくしゃべる。そして声も大きくてリアクションも大きい。なにより飯綱《いいづな》くんにベタ甘《あま》だ。

「猛《たける》はね、大きくなったらお父さんと結婚《けっこん》するって言ってたんだよお」

「言ってねえよ！　ふざけんな」

「えー、言ってたよねえ、お母さん」

話しかけられた飯綱《いいづな》くんのお母さんは大きなため息をついた。頭が痛《いた》いのかこめかみに手を当てている。

「あー、もう。猛《たける》の邪魔《じゃま》をしないの！　ほら！　出ていきなさい！」

「えーなんで！　ぼくも一緒《いっしょ》に遊びたい！」

「あなた！　いい加減《かげん》にしてください！」

お母さんに泣きつくようにお父さんは甘《あま》えた声を出す。それに対してお母さんは冷たく言い放った。飯綱《いいづな》くんとわたしたちに見せる一面とはまた違《ちが》うお母さんの姿《すがた》に、あっけに取られてしまう。

「わかったよー。じゃあ、最後に挨拶《あいさつ》を……」

子どものように拗《す》ねた顔で、飯綱《いいづな》くんのお父さんがくるんとわたしたちのほうに振《ふ》り返《かえ》った。そして、千秋《ちあき》ちゃんに「きみかわいいねえ」と言ったかと思えば、美《み》奈《な》ちゃんには「かわいらしいねえ、将来《しょうらい》有望だ」と言ってミッチー先輩《せんぱい》に警戒心《けいかいしん》むき出しにされていた。そして最後にわたしの手を取る。

「あ、きみが春日《かすが》ちゃん？　猛《たける》の友だち第一号だよね！」

「は、はい」

両手でぎゅっと握《にぎ》られて至近距離《しきんきょり》で見つめられる。

「きみとは今日はじめて会ったような気がしないなあ」

初対面です。

あはは、と笑顔《えがお》が引きつってしまうと飯綱《いいづな》くんのお母さんが手にしていたお盆《ぼん》でお父さんの頭を思い切り叩《たた》いた。

「あなたは！　猛《たける》の友だちにまで！　なんてこと言うんですか！」

「そんなんじゃないって！　本当にそう感じただけ！」

「やめてくださいよ恥《は》ずかしい！　女の子にすぐそうやって触《さわ》って！　セクハラですよ！　警察《けいさつ》に突《つ》き出《だ》しますからね！」

「違《ちが》うよ、これは猛《たける》の親としてお礼を！」

夫婦漫才《めおとまんざい》みたいだな、とは言っちゃいけないいんだろうなあ。

「……なあ、親父《おやじ》、カバンの中、なに入ってんの？」

飯綱《いいづな》くんが鼻をひくつかせてつぶやく。仲裁《ちゅうさい》してもらったと思ったのか、お父さんはすぐにお母さんから離《はな》れて「なにも持ってないよ」と言いながら、床《ゆか》に放り投げていたカバンをずるずると引《ひ》き寄《よ》せた。

仕事が終わって家に帰ってくるなり、すぐにこの部屋に来たのだろう。カバンの中にはスマホに大きな手帳に、仕事用と思われる分厚《ぶあつ》いファイル。そしてハンカチにティッシュ、最後に小さな手鏡が出てくる。男の人でも鏡を持ち歩くのは、エチケットだろうか。にしては、女性《じょせい》らしい、繊細《せんさい》な柄《がら》が描《えが》かれている。

「どうかしたの？」

飯綱《いいづな》くんはそれらをじっと見つめている。

あまりに険《けわ》しい目つきについ声をかけると、ちらりとわたしを見てから「別に」

と目をそらした。


かき氷パーティーがお開きになったのは、午後五時前。

みんなこれでもかというほどかき氷を食べた、と言いたいところだけれど、お腹《なか》を壊《こわ》しかねないので四、五杯《はい》が限度《げんど》だった。

食べて、笑って、飲んで、はしゃぐ。

そんな時間はあっという間に過《す》ぎ去《さ》ってしまう。けれど、そのおかげで飯綱《いいづな》くんはみんなともずいぶん自然に話せるようになったと思う。ミッチー先輩《せんぱい》とは特に気が合ったらしく、お互《たが》いに文句《もんく》を言いながらもゲームの話で盛《も》り上《あ》がっていた。ふたりがはじめたゲームを見ながら真佐《まさ》くんがいろいろと聞いて、式部《しきべ》先輩《せんぱい》は知らないのに一番理解《りかい》が早く効率《こうりつ》のいい方法を提案《ていあん》しみんなを驚《おどろ》かせていた。

わたしと千秋《ちあき》ちゃん、そして美奈《みな》ちゃんの三人はおしゃれの話や最近人気のスイーツの話をして過《す》ごした。

「お邪魔《じゃま》しました」

玄関《げんかん》で改めて飯綱《いいづな》くんの家族に頭を下げる。

「またいつでも来てね」

「晩《ばん》ご飯《はん》、食べていってもらったらいいのに。残念だなあ」

お父さんはつまらなさそうに口を尖《とが》らせている。もっといろいろ話をしたかったらしい。学校での飯綱《いいづな》くんのことを聞きたいのかもしれない。

じゃあね、とみんなが外に出ていくのを飯綱《いいづな》くんは見送っていた。その視線《しせん》が、なにか言いたげに思えてふと足を止めてしまう。

「春日《かすが》」

わたしが飯綱《いいづな》くんに呼《よ》びかけるよりも先に、彼《かれ》の声が届《とど》いた。

「もう少しだけ、時間あるか？」

飯綱《いいづな》くんの神妙《しんみょう》な顔つきに、なんで、とか、どうして、と聞くことができず、こくりとうなずいてひとり飯綱《いいづな》くんの家に残った。飯綱《いいづな》くんのお父さんもお母さんも、不思議そうな顔をしている。

リビングで話そうと案内されて、

「親父《おやじ》も」

と、その場を離《はな》れようとしたお父さんを引き止める。

「春日《かすが》、あの栞《しおり》を、見せてほしい」

「栞《しおり》って、あの、探《さが》してもらったやつ？」

おじいちゃんの家で読んでからカバンに入れっぱなしになっていた文庫本を取り出した。そして、栞《しおり》をわたしと飯綱《いいづな》くんのあいだにあるローテーブルに置く。

飯綱《いいづな》くんはそれをじっと見つめてから、今度はお父さんに「鏡持ってきて」と手を出した。

「カバンに入ってた手鏡」

お父さんは「あれがどうしたんだよ」と言いながらも、一度席を立ってさっき見せた手鏡を持って戻《もど》ってくる。

テーブルの上には、栞《しおり》と、手鏡。

手鏡も栞《しおり》と同じように金色だったけれど、ずいぶんくすんでいた。

「これ、誰《だれ》の？」

そっと手鏡に触《ふ》れて飯綱《いいづな》くんがお父さんに聞く。お父さんは一瞬《いっしゅん》びくりと体を震《ふる》わせてから、ちょうどお茶を運んできてくれたお母さんを一瞥《いちべつ》した。

なにか、言いにくい理由がありそうだ。

「病院で、出会った女の人の……」

ぼそぼそと、小声で話すお父さんに、お母さんが動きを止めた。

「あなた……仕事先でもそんなことをしてたんですか……？　しかも、それを大事に持ち歩いていたんですか……」

ごごごご、とお母さんの背後《はいご》から黒いなにかが立ち上ってくる音が聞こえた気がする。そばにいるわたしまで血の気が引く。そのくらいお母さんが、怒《おこ》っている。やばい、顔を上げることができない。

あわわわわ。

「ち、違《ちが》う違《ちが》う違《ちが》う！　誤解《ごかい》だよお母さん！」

「なにが違《ちが》うんですか！」

「これは病院で会ったおばあさんに」

「あなた、おばあさんとまで浮気《うわき》してるんですか！」

あわわわわわわわ。

飯綱《いいづな》くんのお父さん……今までいったいどんなことをしてきたの……！

夫婦《ふうふ》ゲンカが勃発《ぼっぱつ》しそうな空気の中で、飯綱《いいづな》くんはまったく動じる様子を見せず「この手鏡、春日《かすが》の？」とわたしに聞いた。

「え？　違《ちが》う、けど」

なんで急にそんなことを？

「栞《しおり》とこの鏡、つながってる」

お父さんとお母さんは口論《こうろん》をやめて「え？」と声をそろえる。

つながっているって、それは、縁《えん》が視《み》える、ということだろう。でも、どうして？

意味がわからなくて呆然《ぼうぜん》としていると、お父さんがはっとして「これ、誰《だれ》の栞《しおり》？」とわたしに顔を近づけた（そしてお母さんに怒《おこ》られた）。

「これは……おじいちゃん、わたしの祖父《そふ》のもの、です」

答えると、お父さんは驚《おどろ》いた表情《ひょうじょう》のまま、しばらくのあいだ固まってしまったみたいに動きを止めた。

そして、「そっかあ」と、ほっとしたように言葉を吐《は》き出《だ》した。

◇

次の日の日曜日は、快晴《かいせい》だった。

空は真夏のように真っ青で、雲ひとつ見当たらない。カンカン照りの太陽が頭上からわたしたちを見下ろしている。エアコンの効《き》いていた車から降《お》りると一気に熱気が襲《おそ》ってきた。

目の前の家のチャイムを押《お》して、応答《おうとう》を待たずに持っていた鍵《かぎ》で中に入る。

「春日《かすが》、今日はどうしたんだ」

ギシギシ、と不規則《ふきそく》なリズムで床《ゆか》を鳴らしながらやってきたのはおじいちゃんだ。

今日来る前に電話をしたものの、土日両方おじいちゃんに会いに来ることはあまりない。しかも当日、突然《とつぜん》に。

「急にごめんね」

「いや、構《かま》わないよ。で、そちらは？」

おじいちゃんはわたしに微笑《ほほえ》んでから、うしろにいるふたりに視線《しせん》を向けた。

「飯綱《いいづな》くん。最近友だちになった男の子」

「突然《とつぜん》すみません」

飯綱《いいづな》くんはペコリと、少し緊張《きんちょう》した様子で頭を下げる。そして、

「飯綱猛《いいづなたける》の父です」

わたしたちを車でここまで連れてきてくれた飯綱《いいづな》くんのお父さんがお辞儀《じぎ》をした。昨日とは別人なんじゃないかというほど落ち着いた、大人の雰囲気《ふんいき》だ。

おじいちゃんは「はじめまして」と挨拶《あいさつ》を交《か》わしながら、どうしてこのふたりがわたしと一緒《いっしょ》に家に来たのかと不思議そうな顔をしていた。

とりあえず縁側《えんがわ》のある部屋に飯綱《いいづな》くんたちを案内して、みんなの分のお茶を用意する。飯綱《いいづな》くんのお父さんは営業《えいぎょう》のお仕事をしているらしく、初対面で緊張《きんちょう》しているおじいちゃんと飯綱《いいづな》くんに話を振《ふ》って場をつないでくれた。

「猛《たける》はなかなか友だちができなかったのですが、春日《かすが》さんのおかげで昨日はたくさんの友だちが遊びにきてくれまして」

「春日《かすが》が。そうですか、そうですか」

褒《ほ》められるのは恥《は》ずかしいけれど、おじいちゃんの自慢《じまん》げな顔を見るとうれしく

なる。飯綱《いいづな》くんは、友だちができなかった、というお父さんの発言に恥《は》ずかしそうにしていた。

ローテーブルに四つのお茶と、飯綱《いいづな》くんのお父さんが買ってきてくれたどら焼きを置いて、おじいちゃんの隣《となり》に腰《こし》を下ろす。

「で、今日はわざわざお礼に来てくださったんですか？」

「そうですね。ひとつはそのために」

ひとつ？　とつぶやいておじいちゃんが小首をかしげた。

「実は一度、私《わたし》はあなたとお会いしてるんですよ」

そう言って、飯綱《いいづな》くんのお父さんは手にしていたカバンから取り出したものをテーブルの中央に置いた。

それを見たおじいちゃんが、息を呑《の》むのがわかった。

「奥様《おくさま》から、預《あず》かっていたものです」

金色の手鏡が、太陽の光を反射《はんしゃ》させた。

おじいちゃんは、声が出せなくなったみたいに、口だけを動かしている。そしてゆっくりと手を伸《の》ばして手鏡に触《ふ》れる。

4. イイズナくんと過去《かこ》を、結ぶ

「……これは」

「長年、お渡《わた》しできず申《もう》し訳《わけ》ありません」

飯綱《いいづな》くんのお父さんは、床《ゆか》に手をついて深く頭を下げた。

エアコンのない和室に、開け放たれた縁側《えんがわ》から風が入ってくる。


そこから、飯綱《いいづな》くんのお父さんは、昨日わたしに聞かせてくれた話をおじいちゃんに説明してくれた。

「私《わたし》は、病院に営業《えいぎょう》に行く仕事をしているんです。今は違《ちが》うのですが、昔は担当《たんとう》エリアに立花総合《たちばなそうごう》病院も含《ふく》まれていました。そこで、三年前にひとりの美しい女性《じょせい》と出会いしました」

立花総合《たちばなそうごう》病院は、市内にある病院だ。道路を挟《はさ》んでふたつの建物がある大きなところで、おじいちゃんが倒《たお》れたときも、その病院で手術《しゅじゅつ》をし数《すう》ヶ月入院していた。

——そして、おばあちゃんも。

おばあちゃんは乳《にゅう》がんだった。わたしが生まれるよりずっと前に見つかって摘出《てきしゅつ》していたものの、今から五年前に再発《さいはつ》した。前回とは違《ちが》い、手術《しゅじゅつ》に耐《た》えられるほどの体力が残っていないことや、手術《しゅじゅつ》するには難《むずか》しい箇所《かしょ》での再発《さいはつ》だったことから、進行を遅《おく》らせるための治療《ちりょう》を受けることしかできなかった。

二年間の闘病《とうびょう》生活ののち、亡《な》くなる直前の半年ほど入院していたのが立花総合《たちばなそうごう》病院だ。

「……家内ですね」

「ええ、芳恵《よしえ》さんです」

おじいさんは自嘲《じちょう》気味に笑い「そうですか」と小さな声で答える。

飯綱《いいづな》くんのお父さんは、休憩《きゅうけい》に立《た》ち寄《よ》った病院の中庭で、ぼんやりと宙《ちゅう》を見つめながらベンチに座《すわ》るおばあちゃんを見かけたらしい。

おばあちゃんは、たしかに美人だった。

ただ、声をかけたのはそれが理由というわけではなかったらしい。

「すごく、さびしそうなのに、幸せそうな、そんな不思議な雰囲気《ふんいき》に、ついつい話しかけてしまったんです。まあ、恥《は》ずかしながら美しい女性《じょせい》を見かけるとすぐ声をかけてしまう、というのもあるんですが」

あははは、と明るい笑い声が静かな和室に響《ひび》く。

誰《だれ》も一緒《いっしょ》に笑ってくれないからか、飯綱《いいづな》くんのお父さんはこほんと咳払《せきばら》いをして話を続けた。

「それから私《わたし》は、病院に行くたびに、彼女《かのじょ》に話しかけるようになりました」

おじいちゃんは、膝《ひざ》の上に置いた手を、ぎゅっとかたく握《にぎ》りしめた。

おばあちゃんは、よく話しかけてきてくれる飯綱《いいづな》くんのお父さんといろんな話をしたらしい。

家族のこと、飼《か》っていた猫《ねこ》のこと、自分ががんでもう長くはないこと。

そして、夫——おじいちゃん——が、一度も見舞《みま》いに来てくれないこと。

「芳恵《よしえ》さんは、携帯《けいたい》に保存《ほぞん》されていたあなたの写真を、何度も私《わたし》に見せてくれました。もともと体育の先生をされていたんですよね。けれど気が弱いところがあるんだと、とても愛《いと》おしそうに話してくれました」

そして、と手鏡に視線《しせん》を送る。

「これを、預《あず》かったんです」

その言葉に、おじいちゃんがぴくりと震《ふる》える。

「あなたに、渡《わた》してほしいと言われました。あなたはきっとここに来るだろうから、と。家族に託《たく》すのは恥《は》ずかしいからと、見ず知らずの他人である私《わたし》に」

どうして、おじいちゃんは飯綱《いいづな》くんのお父さんの話を、こんなに苦しそうに聞いているのか、わたしにはわからない。

生ぬるい空気に支配《しはい》されている和室は、どこか重苦しい。

「病院で、私《わたし》に会ったのを覚えていますか？」

おじいちゃんは「え」と声を発してから、まじまじと飯綱《いいづな》くんのお父さんを見つめた。そして「ああ……そうか」と言葉を漏《も》らす。

「あのとき、私《わたし》はすぐにあなたが芳恵《よしえ》さんのご主人だとわかりました。なんせ、何度も写真を見せてもらっていたので。なので、話しかけたんです」

「あのときに会ったのは、きみだったのか」

そうなんです、と飯綱《いいづな》くんのお父さんが微笑《ほほえ》む。

「あのとき、私《わたし》は奥様《おくさま》の病室に行くか悩《なや》んでいるあなたの、背中《せなか》を押《お》しました」

「ああ、覚えている」

「そのとき、この鏡を渡《わた》さなければいけなかったのに失念してしまいまして……。

その後、芳恵《よしえ》さんにもあなたにもお会いできず、今まで申《もう》し訳《わけ》ありません」

「いや、いいんだ」

そんなことは、とおじいちゃんが小さな声で言った。

「ありがとう」

そのお礼からは、普通《ふつう》なら込《こ》められているだろうよろこびがなにも感じられない。

「でもこれは、私《わたし》が、受け取るべきじゃない」

あなたにお返しします、とおじいちゃんが鏡に手を添《そ》え、飯綱《いいづな》くんのお父さんのほうに押《お》し返《かえ》す。

「な、なんで？　おじいちゃん、なんでそんなこと」

「私《わたし》が持っていたら、ダメなんだよ」

信じられない言葉に、思わず口を挟《はさ》んでしまった。

「これは、おじいさんが、持つべきものだ」

言葉を続けてくれたのは、飯綱《いいづな》くんだった。

「これは、おばあさんのもので、その栞《しおり》はあなたのもので、ふたつはつながっているから、だから」

「……つながってるって、ただ、これは一緒《いっしょ》にでかけた先で買っただけだ」

「あのねおじいちゃん、飯綱《いいづな》くんには、不思議な力があるんだよ」

眉間《みけん》にシワを寄《よ》せて、おじいちゃんがやっとわたしを見てくれた。

「飯綱《いいづな》くんには、縁《えん》が、視《み》えるんだって。それで、わたしがこの栞《しおり》を落としたときも、見つけてくれたんだよ」

「縁《えん》、って」

まさか、と言いたげに肩《かた》をすくめる。

「本当なの。おばあちゃんの手鏡は、おじいちゃんの栞《しおり》とつながってるんだよ」

「信じてもらえないかもしれませんが、息子《むすこ》の猛《たける》はたしかに、そういう不思議な力があるんです。でも、そうでなくても、これは私《わたし》が奥様《おくさま》からあなたにと、預《あず》かったものですので」

飯綱《いいづな》くんのお父さんは、再《ふたた》び手鏡をおじいちゃんに近づける。

しらばく、無言の時間が続いた。

わたしも、飯綱《いいづな》くんも飯綱《いいづな》くんのお父さんも、なにを言えばいいのかわからないまま、おじいちゃんを見つめる。おじいちゃんが今、どういう気持ちなのか、ここにいる誰《だれ》も感じ取ることができない。

その沈黙《ちんもく》を破《やぶ》ったのは、おじいちゃんだった。

「今日のところは帰ってもらっても、いいだろうか」

「……おじいちゃん」

おじいちゃんは俯《うつむ》いたまま声を震《ふる》わせている。

「おれは本当に――」

「別に、きみたちを疑《うたが》うわけじゃない」

飯綱《いいづな》くんの声を遮《さえぎ》っておじいちゃんは額《ひたい》をテーブルにつける。「せっかく足を運んでくれたのに申《もう》し訳《わけ》ない。どうか、今日のところは……」ともう一度飯綱《いいづな》くんたちに伝えた。

「あの、でも」

おじいちゃんの肩《かた》に手をのせながら、どうすべきかと飯綱《いいづな》くんのほうを見る。飯《いい》綱《づな》くんも飯綱《いいづな》くんのお父さんも、眉《まゆ》を下げて小さくうなずいた。飯綱《いいづな》くんは、なにも言わないように口を固く結んでいる。

「突然《とつぜん》すみませんでした。でも、これは……ここに置いていきますね」

飯綱《いいづな》くんのお父さんが手鏡に視線《しせん》をやりながら立ち上がり、丁寧《ていねい》に腰《こし》を折る。飯《いい》綱《づな》くんは戸惑《とまど》いながらも腰《こし》を上げて、なにも言わず頭だけ下げた。

玄関《げんかん》に向かうふたりを追いかけようとしたけれど、飯綱《いいづな》くんのお父さんが小さく首を左右に振《ふ》り、わたしを静止させる。

ふたりはそのまま床《ゆか》を静かに歩き、帰っていった。玄関《げんかん》のドアが閉《と》じられる音が、家の中に響《ひび》く。

どうすべきなのかわからずただ狼狽《ろうばい》しているわたしに気づいていないのか、おじいちゃんがゆっくりと立ち上がり、いつもの、少し足を引きずる歩き方で縁側《えんがわ》に移《い》動《どう》した。よっこいしょ、と口にして腰掛《こしか》ける。

「おじいちゃん」

「……悪かったな」

誰《だれ》に謝《あやま》っているのだろう。

わたしになのか、それとも、おばあちゃんになのか。

おじいちゃんとおばあちゃんは、わたしから見ても仲睦《なかむつ》まじい理想の夫婦《ふうふ》だった。ふたりが過《す》ごしたこの家の中は、いつもやさしくあたたかな空気に包まれている。

4. イイズナくんと過去《かこ》を、結ぶ

それは、おばあちゃんの少女のようなかわいらしさも理由のひとつだっただろう。

『おじいちゃんは頑固《がんこ》だからねえ』

おばあちゃんはよく、そう言って頬《ほお》を膨《ふく》らましていた。

『こいつはすぐ子どもみたいに拗《す》ねるんだ』

おじいちゃんは呆《あき》れながらも、おばあちゃんが拗《す》ねたときは必ずおいしいケーキを買ってきてご機嫌《きげん》をとっていたのを覚えている。

たまに、おじいちゃんに怒《おこ》ったおばあちゃんが、いたずらを仕掛《しか》けて笑っていたこともある。ブーブークッションを座布団《ざぶとん》の下に仕込《しこ》んだり、虫が苦手なおじいちゃんを驚《おどろ》かすためにおもちゃの虫をこっそり湯呑《ゆの》みに入れたり。

よく小言を言い合い、けれどよく一緒《いっしょ》に旅行にでかけ、手をつないで歩いていた。

はじめておばあちゃんの乳《にゅう》がんが発覚したとき、おじいちゃんはそれはもう狼狽《うろた》えて大変だったらしい。おばあちゃんのほうが「大丈夫《だいじょうぶ》だって」とおじいちゃんをなだめていたとお母さんから聞いた。

けれど、お見舞《みま》いには一度も行かなかったらしい。

それは、五年前に再発《さいはつ》してからも。

亡《な》くなるまで、一度も病室を訪《おとず》れなかった。お母さんたちが何度も説得したが、頑《かたく》なに動かなかった。

そして、おじいちゃんはそのままおばあちゃんに会うことなく、お別れすることになってしまった。


おじいちゃんがわたしに何度も言っている言葉、『迷《まよ》ったときは、勇気がいるほうを選びなさい』は、おばあちゃんの最期《さいご》に立ち会えなかったからだ。

だから、キャビネットの上の写真立てをひとつだけ、ずっと裏返《うらがえ》しにしている。

一緒《いっしょ》にインド旅行にでかけたときの写真だ。

ふたりとも笑顔《えがお》で、少し恥《は》ずかしそうにしているツーショットは「めったに一緒《いっしょ》に写真を撮《と》ってくれないから」と言っておばあちゃんが飾《かざ》ったものだ。

どうしてそれを、ずっと見ないようにしているのか。

「おじいちゃん……あのね、おばあちゃんは、おじいちゃんのことが大好きだったんだよ」

「……どうだろうなあ」

頑固《がんこ》なおじいちゃんに、わたしの声は届《とど》かない。

どうすればおじいちゃんに伝わるのだろう。

ずっとそばにいたはずのおじいちゃんに比《くら》べたら、わたしのほうがおばあちゃんのことを知っているとは思えない。ふたりにはふたりにしかわからないものがあるのかもしれない。

でも、だからって、なにもしないでおじいちゃんの傷《きず》が癒《い》えるのを待つしかないの？　肩《かた》を震《ふる》わせているおじいちゃんの背中《せなか》を見つめるだけなの？

おじいちゃんが大事にしていた栞《しおり》と、おばあちゃんが入院中も肌身離《はだみはな》さず持っていた手鏡。これらがつながっていると飯綱《いいづな》くんが言うのなら、ふたりはお互《たが》いを大事に想《おも》っていたはずだ。ふたりにしかわからない関係があったとしても、わたしには縁《えん》が視《み》えなくても、ふたりをそばで見てきたわたしには、その縁《えん》は間違《まちが》いない、と信じられる。

――『迷《まよ》ったときは、勇気がいるほうを選びなさい』

このままじゃ、ダメだ！

ぎゅっと歯を食いしばり、立ち上がる。

今ならまだ追いつけるかもしれない。車だけれど、大通りに出るところの信号で停《と》まっていれば……。
靴《くつ》を引《ひ》っ掛《か》けてドアを開け走りだした。

なにをしたって無理かもしれない。
おばあちゃんが言うように、おじちゃんは頑固《がんこ》だから。
でも、このままでいいわけがない。
今じゃないと、ダメだ。絶対《ぜったい》。
それがどんなに難《むずか》しいことでも、どうしようと悩《なや》むくらいなら。
「飯綱《いいづな》くん！」
道路には誰《だれ》の姿《すがた》も車もないのに、声をあげた。
地面を力強く蹴《け》って、追いかける。

——と、遠くから一台の車が近づいてくるのに気がついた。
あれは、飯綱《いいづな》くんのお父さんの車だ。足を止め、肩《かた》で息をしながら車がやってくるのを待つ。

「……なにしてんの、春日《かすが》」

目の前で停《と》まった車から、飯綱《いいづな》くんが降《お》りてきてくれた。

いつの間にかわたしは泣いていたらしい。飯綱《いいづな》くんはわたしの顔を見て苦笑《くしょう》してから頭にぽんっと手をのせて「きたねえ」と言った。そして、「ほら、行くぞ」とわたしの手を取る。

わたしより大きな手に、ほっとした。

なにをしたらいいのかわからないけど、わたしは、ひとりじゃない。

飯綱《いいづな》くんが、いてくれる。きっと、大丈夫《だいじょうぶ》だ。

ずずっと洟《はな》をすすって、飯綱《いいづな》くんと再《ふた》びおじいちゃんの家に向かって歩く。

飯綱《いいづな》くんのお父さんは「ここで待ってるよ」とわたしたちを見送ってくれた。

家に戻《もど》ると、おじいちゃんはわたしが家を出たときと変わらない姿《すがた》で、縁側《えんがわ》に座《すわ》っていた。戻《もど》ってきたわたしに気がついたのか、ちらりと振《ふ》り返《かえ》る。飯綱《いいづな》くんの姿《すがた》もしっかり見たはずなのに、なにも言わずにまた外を眺《なが》めた。

「おじいさんにとって、この手鏡は大事じゃないんすか」

飯綱《いいづな》くんはテーブルに置かれたままになっていた手鏡を一瞥《いちべつ》して、おじいちゃんに話しかけながら隣《となり》に腰《こし》を下ろした。

「……大事だからこそ、私《わたし》が持っていちゃいけないんだよ」

「なんで？　おばあさんが、おじいさんにと親父《おやじ》に渡《わた》したものなのに」

「彼《かれ》は、私《わたし》に気を遣《つか》って、そんなことを言っているだけだろう。そして、きみも」

おじいちゃんは、やっぱり飯綱《いいづな》くんの力を信じていないのだろう。ただ、急に信じろと言われても無理な話だ。

「おじいちゃん、あのね」

「見たほうが早い」

どうにかしておじいちゃんに飯綱《いいづな》くんの力を信じてもらおうと口を出すと、飯綱《いいづな》くんがわたしに手のひらを向け、その直後にすっと視界《しかい》からそれが消えた。

かわりに現《あらわ》れたのは、イイズナくんだ。

さすがのおじいちゃんも、目を丸くして固まってしまった。

……驚《おどろ》きすぎて倒《たお》れないだろうか……。

こんなことを突然《とつぜん》されたら、イイズナくんのことを知っているわたしでもびっくりする。

「な、なん、なんだ」

「えっと、その、これがイイズナくんの不思議な力で……」

わたしの声が聞こえているのかわからないけれど、ざっくりとイイズナくんについての説明をする。おじいちゃんは「まさか」とか「信じられん」とか口にしているものの、目の前にいる彼《かれ》を否定《ひてい》することはできないらしく、目をしばたたかせてイイズナくんを凝視《ぎょうし》していた。

「と、いうわけで」

おじいちゃんに自分の力を確認《かくにん》してもらうと、イイズナくんは飯綱《いいづな》くんに戻《もど》って服装《ふくそう》を整えた。

「おれには、こういう変な力があるんです」

そう言って、立ち上がる。どこに行くのかと思えば、テーブルの上に置いたままになっていた栞《しおり》と手鏡を手にして再びおじいちゃんの隣《となり》で膝《ひざ》をついた。

「もう、おばあさんはいないのに。その手鏡には、今もちゃんと消えずに縁《えん》が残ってる。この栞《しおり》と、つながっている。それは、相手を大事に想《おも》わなければ、想《おも》い続《つづ》けていなければできない深い縁《えん》だ」

だから、とおじいちゃんの手にそれを握《にぎ》らせた。

「私《わたし》は……お見舞《みま》いに一度も行かなかったんだ」

おじいちゃんは、それを見つめながらゆっくりと話しはじめる。

「あの日、行こうとした。けど、やっぱり行けなかった」

おばあちゃんが弱っていくのを見るのがつらかった。怖《こわ》かった。

もう会えなくなるとは信じたくなかった。

会いたいからこそ、会えなかった。

おじいちゃんの気持ちは、わたしにもわかった。わたしでさえも、おばあちゃんが日に日に小さくなっていくのを見るのは悲しかった。ずっと一緒《いっしょ》にいたおじいちゃんは、わたし以上につらく、それが耐《た》えられなかったのだろう。

「これは、ふたりで最後に旅行にでかけたときの思い出のものなんだよ」

「うん」

「私《わたし》があいつにこの手鏡を買ってあげて、私《わたし》はかわりにこの栞《しおり》をもらったんだ」

お互《たが》いのために買ったお土産《みやげ》だったのか。

わたしはずっと、この栞《しおり》はおじいちゃんが自分で買ったのだと思っていた。大事にしていたのも、デザインを気に入っているからだとばかり思っていた。

でも、ふたりがそんなふうにお土産《みやげ》を交換《こうかん》する姿《すがた》を想像《そうぞう》して、愛《いと》おしくなる。

おじいちゃんもおばあちゃんも、世界で一番幸せそうな顔をしていただろう。

「遺品《いひん》の中にこれがなかったとき、芳恵《よしえ》の気持ちに気づいたんだ」

ぽたん、と鏡にしずくが落ちる。

キラキラと光るそれは、おじいちゃんの愛がたっぷり詰《つ》まった涙《なみだ》で、わたしの視《し》界《かい》も歪《ゆが》んでしまう。

「芳恵《よしえ》は、妻《つま》は、きっと私《わたし》に愛想《あいそ》を尽《つ》かして、鏡を手放したんだ」

「違《ちが》う。そうじゃない」

飯綱《いいづな》くんはきっぱりと否定《ひてい》する。

「親父《おやじ》にもう一度聞いたら、おばあさんはわかっていたって。あなたはたぶん来ないだろうって」

その言葉に、わたしもうなずいた。

「わたしも、お母さんに聞いたよ。お母さんがお見舞《みま》いに来ないおじいちゃんのことを責《せ》めるたびに、それでいいんだって、おばあちゃんは笑ってたって」

おじいちゃんは頑固《がんこ》で、でもそれは気が小さいから、やさしすぎるから。あの人はそれでいいんだと、そう言ってくすくすと、子どもみたいに笑っていたらしい。

そこではじめて、ひとつ思い出した。

「わたし、おばあちゃんに聞いたことがあるの」

おじいちゃんがお見舞《みま》いに来ないの、さびしくないの、と。

おばあちゃんは、そうねえ、と考えてから『さびしくないと言ったらウソになるわね』と窓《まど》の外を眺《なが》めながら素直《すなお》な気持ちを吐《は》き出《だ》してくれた。

でも、そのあとに。

「おばあちゃん、おじいちゃんにいたずらを仕掛《しか》けたって」

ふふっと笑って『あの人、きっと焦《あせ》って、そしてびっくりするわね』と。

おばあちゃんは、きっとおじいちゃんが見舞《みま》いに行けなかったことを後悔《こうかい》するとわかっていたんだろう。そして、おじいちゃんが自分がいなくなったあと、なくなった手鏡を探《さが》してくれることも。

さすがに、最後の最後まで一度も会えないとは思っていなかったかもしれないけれど。

「いたずら、って……」

おじいちゃんが失笑《しっしょう》する。

「きっとおばあさんも、こんなに長い間、渡《わた》せなくなるとは思わなかったんだと思います……すみません」

飯綱《いいづな》くんは申《もう》し訳《わけ》なさそうに頭を下げた。

「……バカだなあ」

おじいちゃんは手で目を覆《おお》ってぼやく。

誰《だれ》に対しての言葉か。きっと、自分に対してなのだろう。

おじいちゃんは、誰《だれ》よりもおばあちゃんを想《おも》っていた。お葬式《そうしき》のときに何度も謝《あやま》っていたのをわたしは知っている。

おじいちゃんがわたしに『迷《まよ》ったときは、勇気がいるほうを選びなさい』と言い出したのも、それからのことだ。

おじいちゃんは、あのとき、勇気がなくて動けなかった自分を許《ゆる》していない。

おばあちゃんでも、お母さんでもない。おじいちゃん自身が、許《ゆる》せなかったんだ。

あと少しの勇気があれば、おばあちゃんに会えたのに。おばあちゃんに「元気になって帰ってこい」と言いたかったはずなのに。

それを、おばあちゃんが本当は望んでいたことも知っていたのに。

「縁《えん》は気持ちひとつで切れるくらい、不確《ふたし》かで脆《もろ》い。だから、今もまだこれがつながってるってことは、それだけ、ふたりの想《おも》いが強かったってことだと思う」

わたしと栞《しおり》がつながるように、時間で補《おぎな》えるものもある。

たった数日でつながるものもあれば、深くつながっているにもかかわらず、幸せになれるわけではないものも。些細《ささい》なことで消えてしまうものも。

脆《もろ》い。弱い。

でも、気持ち次第《しだい》で、いつまでもつながり続けることはできる。

広げることも、できる。

そこに、想《おも》いがある限《かぎ》り。

「それは……おじいさんの気持ちもあったからだ」

片方《かたほう》だけでは決してつながらない。

そうでなければ、飯綱《いいづな》くんは昨日、このふたつの縁《えん》に気づくことはなかった。

「私《わたし》を、恨《うら》んではいないだろうか」

もう、おじいちゃんは涙《なみだ》を隠《かく》そうとはしなかった。

「恨《うら》んではないけれど、拗《す》ねてたと思うよ」

おばあちゃんが頬《ほお》をぷうっと膨《ふく》らましていたことを思い出す。おじいちゃんは頑《がん》固《こ》なんだから、と言いながら。

わたしの言葉に、おじいちゃんは「はは」と涙《なみだ》を流しながら笑った。

「あいつはたしかに、よく拗《す》ねていたな」

そう言って、手鏡と栞《しおり》を、大事そうに胸《むね》に抱《だ》く。

「もう、ご機嫌《きげん》取りはできないのか」

ケーキを頬張《ほおば》るおばあちゃんのかわいい顔を思《おも》い浮《う》かべたのか、おじいちゃんはさびしそうに、懐《なつ》かしそうにつぶやいた。


「よかったのか？」

おじいちゃんの家を出てすぐに、飯綱《いいづな》くんに聞かれた。

「なにが？」

「栞《しおり》。春日《かすが》にとっても大事なものだったんだろ」

飯綱《いいづな》くんのお父さんが車で待っていてくれたけれど、ゆっくり帰りたいと飯綱《いいづな》くんが言ってくれたので、ふたりで歩いて駅に向かっている。

おじいちゃんとおばあちゃんのことを思い出しながら、のんびりと外の空気に触《ふ》れていたいとわたしが思っていたことに、飯綱《いいづな》くんは気づいてくれたのだろう。

「あれは、鏡と一緒《いっしょ》にあるべきだと思ったから」

栞《しおり》はあのまま、おじいちゃんの家に置いてきた。

あのふたつは、もう引《ひ》き離《はな》しちゃダメだ。ずっと、一緒《いっしょ》にいてほしい。

おじいちゃんの家にあるからといって、わたしにとって大事なものでなくなるわけじゃない。そうすることで栞《しおり》とわたしのあいだに縁《えん》がなくなったとしても、それは些細《ささい》なことだ。それに。

「縁《えん》は、また違《ちが》うなにかとつながることができるんでしょ」

わたしの言葉に、飯綱《いいづな》くんは口の端《はし》を持ち上げた。

「あ、ねえ。飯綱《いいづな》くんはなんで戻《もど》ってきてくれたの？」

まさかあんなタイミングで現《あらわ》れるとは思っていなかった。わたしの声が聞こえたなんてことはありえない。わたしの姿《すがた》も見えていなかったはずだ。

疑問《ぎもん》を口にすると、飯綱《いいづな》くんが「あー」と言いにくそうに顔をしかめた。

「あの状態《じょうたい》で、帰っていいのかって思って。別の日に話をするってのもなんだか違《ちが》うような気がして」

飯綱《いいづな》くんは話しながら顔をそむける。

「春日《かすが》が、悲しむんじゃないかって」

ちらりと向けられた飯綱《いいづな》くんの視線《しせん》に、鼓動《こどう》が少し速くなる。

「そんで、春日《かすが》が言ってたことを、思い出したんだよ」

「わたし？」

「迷《まよ》ったときは、勇気がいるほうをって、やつ」

おじいちゃんの言葉が、栞《しおり》をきっかけに出会った飯綱《いいづな》くんにつながって、そして、おじいちゃんとおばあちゃんが、もう一度つながれたんだ。

すごいね。

それって、すごく、素敵《すてき》だね。

「ふふ」

「ほら！　笑うと思ったんだよ、お前は！」

「怒《おこ》らないでよー。悪い意味じゃないって。うれしいなあって」

「どんな理由でも関係ねえ！」

火照《ほて》った顔を隠《かく》しながら飯綱《いいづな》くんが怒《おこ》った。

「ありがとう」

「なんのお礼かわかんねえよ。そもそも親父《おやじ》のせいだしな」

親父《おやじ》がさっさと渡《わた》していればこんなことにはなってねえよ、とぶつくさ言いながら飯綱《いいづな》くんは歩く。さっきよりも少しだけ歩く速度が上がったのは、顔を見られたくないからだろう。

「飯綱《いいづな》くん、恩返《おんがえ》しするからね」

「……いらねえよ」

「えー。感謝《かんしゃ》してるのに」

小走りで飯綱《いいづな》くんの隣《となり》に並《なら》ぶ。

「もう十分もらってる。今までのおれなら、物同士の——鏡と栞《しおり》の縁《えん》なんて、きっと視《み》えなかった」

春日《かすが》のおかげだ。

最後の言葉はずいぶん小さかったけれど、飯綱《いいづな》くんはそう言ってくれた。

赤面しつつも、わたしの目を見て。

いつものように照《て》れ隠《かく》しではなく、やさしい声色《こわいろ》で微笑《ほほえ》みながら。

心臓《しんぞう》が跳《は》ねて、いつもより速い心音がわたしの胸《むね》に大きく響《ひび》く。彼《かれ》の赤色が移《うつ》ったのか、わたしの顔にも熱がこもるのがわかった。

あの日以来、おじいちゃんは栞《しおり》と手鏡をキャビネットの上にキレイに並《なら》べて飾《かざ》っている。裏返《うらがえ》しにされていないおばあちゃんの写真のそばに。

今もおじいちゃんの教訓は変わらない。

けれど、その言葉を口にするときのおじいちゃんは、以前よりも穏《おだ》やかな表情《ひょうじょう》になった、ような気がする。

5. イイズナくんと明日も、一緒《いっしょ》

中学に入ってはじめての期末テストが一週間後に迫《せま》った。

けれど、わたしはそれどころではない。

「というわけで、部活申請《しんせい》をしました」

お昼休み、いつもの空《あ》き部屋に足を踏《ふ》み入《い》れるや否《いな》や、新部活申請書《しんせいしょ》を飯綱《いいづな》くんと式部《しきべ》先輩《せんぱい》に見せつけるように掲《かか》げた。

「は？」

「春日《かすが》ちゃん、また面白《おもしろ》いことやろうとしてるの？」

飯綱《いいづな》くんは眉《まゆ》を寄《よ》せて、先輩《せんぱい》はいつもと変わらない表情《ひょうじょう》でその紙を見つめる。

「なんだこの、『探索部《たんさくぶ》』って」

「探索《たんさく》だよ、探索《たんさく》。探《さが》しもの部でもよかったんだけど、なんかちょっとかっこよくないかなあって思って」

「猛《たける》の力でみんなの悩《なや》みを解決《かいけつ》するって感じだね」

さすが先輩《せんぱい》！

察しがいい！

そのとおりです、と口にする前に、

「なんだそれ！」

と飯綱《いいづな》くんが叫《さけ》んだ。

まあ、そう言われるかなとは思ってたんだけど……。なんせ飯綱《いいづな》くんの力ありきだし、勝手に申請《しんせい》しちゃったし。

「おれなんかに誰《だれ》かが頼《たの》むわけねえだろ！」

そっちの理由で怒《おこ》るんだ。

「そんなことないよ」

「おれなんかに頼《たよ》るやつは、ろくでもねえ！」

「自分でそれ言う猛《たける》、かわいそう……」

「おれは自分のことは自分が一番わかってんだよ！」

飯綱《いいづな》くんの自己評価《じこひょうか》はなんでこんなに低いのだろう……。

「でも、これでエアコン完備《かんび》の空《あ》き部屋を部室にできるんだよ」

東校舎《こうしゃ》三階にある元美術室を借りられることになりそうなのだ。

もう、このサウナのような空《あ》き部屋で汗《あせ》を流しながらご飯《はん》を食べなくてもいい。誰《だれ》かに見られないようにと隠《かく》れて部屋に出入りする必要もない。

エアコンの威力《いりょく》は凄《すさ》まじく、飯綱《いいづな》くんも「まじで？」と食いついてくれた。

「でも部活って最低四人必要なんじゃなかった？」

「そうなんですよね。わたしと飯綱《いいづな》くんと式部《しきべ》先輩《せんぱい》で三人なんですよ」

「あ、僕《ぼく》もメンバーなんだ」

当たり前じゃないですか。

先輩《せんぱい》がいなかったら飯綱《いいづな》くんがさびしがってしまうもの。

「で、あとひとりはミッチー先輩《せんぱい》で」

「お前！　そういう目的で俺《おれ》を連れてきたのか！」

背後《はいご》にいたミッチー先輩《せんぱい》が割《わ》って入ってくる。飯綱《いいづな》くんも「なんでこいつなんだ！」と大声を出し、「ミッチー先輩《せんぱい》よろしくおねがいしますね」と式部《しきべ》先輩《せんぱい》はにこにこと手を差し出した。

5. イイズナくんと明日も、一緒《いっしょ》

「春日《かすが》ちゃんのおかげで、これから猛《たける》の周りがもっと賑《にぎ》やかになるね」

「そうだといいなって思ってます」

「……春日《かすが》ちゃん、ありがとう」

飯綱《いいづな》くんとミッチー先輩《せんぱい》が言い争っているのを眺《なが》めながら、式部先輩《しきべせんぱい》が楽しそうに言った。

「先輩《せんぱい》、飯綱《いいづな》くんのこと大好きですよね」

「猛《たける》がテンパる姿《すがた》がね。あんなふうに誰《だれ》かと言い合う姿《すがた》が見られるなんてなあ」

先輩《せんぱい》も、素直《すなお》じゃないなあ。

でも、喜んでるのは本当の気持ちだろうな。

本当は千秋《ちあき》ちゃんと真佐《まさ》くんも誘《さそ》いたかったけれど、ふたりとも別の部活に入っているし、まだ飯綱《いいづな》くんの力のことも知らないので今は保留《ほりゅう》だ。

でも、ゆくゆくはもっと輪を広げられたらいいな。

飯綱《いいづな》くんと式部先輩《しきべせんぱい》に出会った。

栞《しおり》を探《さが》してミッチー先輩《せんぱい》とも知り合った。

千秋《ちあき》ちゃんと真佐《まさ》くんともつながって。
飯綱《いいづな》くんのお父さんと出会い、おばあちゃんの手鏡と栞《しおり》が再び一緒《いっしょ》になれた。
そして、おじいちゃんの言葉。
いつだって、わたしたち次第《しだい》なのかもしれない。
過去《かこ》と、今が、飯綱《いいづな》くんの目に視《み》えるものになる。
それが、未来につながる、縁《えん》になる。

だって、全部つながっている。今、ここに。

運命でもなければ、幸運でもない。
わたしが、わたしたちが、ひとつひとつの出会いをつかんで、つなげた縁《えん》だ。
そんなふうに、これからも広げていけたらいい。
わたしの世界も、飯綱《いいづな》くんの世界も。

「お昼一緒《いっしょ》に食べよう！」

ばあん、とドアを勢《いきお》いよく開けて入ってきたのは千秋《ちあき》ちゃんと真佐《まさ》くんだった。

かき氷のお礼にクッキーあるからみんなで食べよう！　と、千秋《ちあき》ちゃんは言い争っているミッチー先輩《せんぱい》と飯綱《いいづな》くんを気にもとめずテーブルにお菓子《かし》を広げる。

「手作り？　すごいね千秋《ちあき》ちゃん」と式部先輩《しきべせんぱい》。

「お母さんのですけどね！　あ、ミッチー先輩《せんぱい》、これ美奈《みな》ちゃんの分です」

「え？　い、いいのか？」ミッチー先輩《せんぱい》は妹の名前に険《けわ》しい顔を和《やわ》らげた。

「飯綱《いいづな》！　こないだ飯綱《いいづな》の家でやったゲーム買ったんだよ！　この先の進め方を教えてくれ」真佐《まさ》くんが親指を立てる。

ついこの前まで飯綱《いいづな》くんが式部先輩《しきべせんぱい》とふたりきりで過《す》ごしていたこの場所に、少しずつ人が増《ふ》えていく。

賑《にぎ》やかなお昼時間がはじまる。

わいわいと騒《さわ》ぐみんなを見つめる飯綱《いいづな》くんは、信じられないものを見るかのように呆然《ぼうぜん》と突《つ》っ立《た》っていた。今、自分の目の前にある状況《じょうきょう》についていけていないのかもしれない。

「ほら、飯綱《いいづな》くんも食べよう」

手を引いて、椅子《いす》に座《すわ》らせる。

「みんなで食べると、おいしいでしょ?」

「ほんっと、春日《かすが》は……」

飯綱《いいづな》くんがはあっと呆《あき》れたようにため息をついた。

わたしの頭に手を伸《の》ばし、くしゃりと前髪《まえがみ》を乱《みだ》す。そして、

「すげえな」

と言ってから、はは、と声に出して笑った。

吊《つ》り上《あ》がった目を細くして、口を大きく開けて、頬《ほお》をピンクに染《そ》めて。


わたし、飯綱《いいづな》くんの笑顔《えがお》が好きだなあ。

そう思うと、わたしも自然と笑《え》みがこぼれた。

〈著者略歴〉

櫻いいよ（さくら　いいよ）

大阪市在住。2012年に『君が落とした青空』（スターツ出版）でデビュー、累計15万部を突破する大ヒット作となる。そのほかの主な著作に『黒猫とさよならの旅』『きみと、もう一度』『飛びたがりのバタフライ』『交換ウソ日記』『星空は100年後』『1095日の夕焼けの世界』（以上、スターツ出版文庫）、『図書室の神様たち』『海と月の喫茶店』（以上、小学館文庫キャラブン！）、『世界は「　」で満ちている』『ウラオモテ遺伝子』（以上、PHP研究所）などがある。

イラスト ● 酒井 以
デザイン ● 根本綾子（karon）
組版 ● 株式会社 RUHIA
プロデュース ● 小野くるみ（PHP研究所）

カラフルノベル

イイズナくんは今日も、

2020年8月11日　第1版第1刷発行

著　者　櫻　いいよ
発行者　後藤淳一
発行所　株式会社PHP研究所
東京本部 〒135-8137 江東区豊洲5-6-52
児童書出版部 ☎03-3520-9635（編集）
普及部 ☎03-3520-9630（販売）
京都本部 〒601-8411 京都市南区西九条北ノ内町11
PHP INTERFACE　https://www.php.co.jp/
印刷所　株式会社精興社
製本所　株式会社大進堂

ISBN978-4-569-78934-7

NDC913　255P　20cm